从今往后

FROMNOWON

路也 著

长江文艺出版社

图书在版编目（ＣＩＰ）数据

从今往后 / 路也著. -- 武汉：长江文艺出版社，
2016.12
ISBN 978-7-5354-9279-1

Ⅰ．①从… Ⅱ．①路… Ⅲ．①诗集－中国－当代
Ⅳ．①I227

中国版本图书馆 CIP 数据核字(2016)第 277923 号

策　　划：沉　河
责任编辑：谈　骁　胡　璇　　　　　责任校对：陈　琪
封面设计：江逸思　　　　　　　　　责任印制：邱　莉　　胡丽平

出版：　长江出版传媒　　长江文艺出版社
地址：武汉市雄楚大街 268 号　　　邮编：430070
发行：长江文艺出版社
电话：027—87679360
http://www.cjlap.com
印刷：荆州市翔羚印刷有限公司

开本：880 毫米×1230 毫米　　1/32　　印张：5.875　　插页：4 页
版次：2016 年 12 月第 1 版　　　2016 年 12 月第 1 次印刷
行数：4188 行

定价：39.00 元

路也

现执教于济南大学文学院。著有诗集《我的子虚之镇乌有之乡》《地球的芳心》《山中信札》，散文随笔集《我的城堡》《我的树》，中短篇小说集《我是你的芳邻》，长篇小说《幸福是有的》《下午五点钟》等。

目　录

第二辑

第一辑

从今往后

从今往后
守着一盏小灯和一颗心脏
朝向地平线
活下去
从今往后
既不做硬币的正面，也不做它的反面
而是成为另外一枚硬币
从今往后
恺撒的归恺撒，上帝的归上帝
方圆十余里，既无远亲也无近邻
小屋如山谷，回响个人足音
从今往后
东篱下的野菊注定要
活过魏晋
比任何朝代都永恒

2014.11

几何学

我的一天是这样的：
清晨呈三角形，还是锐角的
醒来，下定决心起床，必须洗漱却懒得梳妆
用咖啡和贝多芬来提神
上午呈正方体
为谋生而正襟危立于讲台
中午是一个椭圆，我要在这里面小睡一会儿
下午是长方体
我读书，期待在书中邂逅苏格拉底
直到把太阳读得偏西
傍晚则是扇形，我到山中去
越走越远，有时迷路
思想在山坡上奔跑
我想成为壑里的花，涧中的水
让野地的风丈量我的身材
夜晚呈梯形，我写诗
试图从大地向天空攀登
触摸到星星
从子夜至凌晨，则是一个正棱锥
我发呆，胡思乱想，遥想末日
终于失眠

接下来口服安定两片，才能入睡

睡成一个弧形

梦的切线

从上面轻轻擦过

2016. 3

小山坡

下午三点钟，我仰卧在小山坡
阳光在我的上面，我的下面，我的左面，我的右面
我的前面，我的后面
阳光爱我

太阳开始偏西，我仰卧在小山坡
在我的上下左右前后，隔年的衰草柔软又干爽
这片冬末的茅草地如此欢喜
一个慵懒的人

我仰卧在山坡
坡度不大不小，刚好相当于内心的角度
比照某个诗句，把自己当成一只坛子
放在山东，放在一个山坡上

仰卧望天，清风、云朵、蓝天、喜鹊
一道喷气飞机拉出白色雾线
它们按姓氏笔画排列得那么有序
我还望见虚空，望见上帝坐在云端若隐若现

天已过午，人生过半

我独自静静地仰卧在郊外的茅草坡
一个失败者就这样被一座小山托举着
找到了幸福

2016. 2

山 垭

我在一个山垭停了下来
两簇峰峦之间的这个路口
背向不远处一座倒塌的古寺
胸襟朝东敞开，去往山下一个小村

我在一个山垭口停下来
山的册页被我哗哗乱翻，至此打开新篇
是一只豆雁把我引到这里
它飞得没了踪影之后，我仍然望着空中出神

我在这个山垭停下
一个农妇孤坐避风的崖根，向我兜售黑枣
它们盛在布袋里，肉少籽多，长相贫寒
吸取了尘土的味道
它们安慰过我的童年，现在又来安慰一个失败者的内心

我在这个山垭停下来
这是两道山脊延伸并渐渐靠近之后
尾骨衔接之处
我想在地图上标注这个垭口，给它起个名字
我想听到自己的回声

我在这样一个山垭停下来
有一朵云恰好也飘到了这里
它看上去没有力气，形状像有了身孕
它继续往前移动时，我向它挥手告别
彼此相忘

我在一个山垭停下来
天色渐晚，黄昏有一个巨大的门槛

2015. 3

我看见流星

也许无人相信：我看见了
一颗流星

在山中，夜幕刚刚降临
我独自走着
忽然它擦亮苍穹
在我肩头上方停顿了一下
紧接着，那冰凉的银蓝色的永恒
就抛入了另一边的山谷
化为沉寂

跟许多年前一样
我惊讶于这地球之外的莽撞来访
生命是用来撞击和陨落的
只不过这一次，我还听到了
它的呼啸、呐喊和尖叫

我不见流星已有许多年
这些年忙于山外的事情，天天低着头
一直无暇进山
总是忘了

仰望星空

山外雾霾，我却在山中看见流星
这么多年了，原来它一直都在，一直韵律不改
今夜，谁知晓我的幸福
在我恍惚的时候
神瞥见了我，并会心一笑

2015. 6

山径夜行

我的手中缺少一盏马灯
发白的砾石路面延伸进了黑暗
山峦起伏的剪影越来越模糊，有一种不安

鸟声沉寂，虫声四起，流水声变大
若隐若现的是庄稼残梗
田鼠在建谷仓，趁月黑风高

背包压在双肩如一座壮胆的小山
疾走的双脚分不清左右
要望见山下灯火，不知还得走多远

岩石散发铁锈味，草丛传递清凉
那差点将我绊倒的是老泥路上的深深车辙
里面水洼中有刚下班的青蛙

我的心像一车干草那么蓬松
植物茂密，夜色渐浓
不知还要走多少路才能回到家中

2015. 11

山 行

久违的太阳像亲妈
沟涧里的石头，表情模拟曾经的流水
一幢废弃的瓦屋在检点着内心
我在这里听鸟鸣，晒太阳，看残雪，观云
山外的人在过年

如今我身体的唯一欢乐是行走山中
束起来的长发受到风的宽大处理
柏树的绿在刷新，刺槐枯枝里有砂糖的想法
我在这里眺望余生
山外的人在过年

有只红鸠衔了一封迟到的信飞过头顶
多少刻骨之爱皆成往事皆被遗忘
在这山峦包围的凹陷处，我受到庇护
得到阳光的祝福
而那山外的人正在过年

2016. 3

一个人在火星上

一个人独自居住在火星上

离地球五千万公里

飞船需飞行四年才能到达

一个人居住在火星上

与地球失联，自己跟自己聊天，跳迪斯科

每天遥望地平线和环形山

这些风景，使这里越看越像地球的表亲

一个人居住在火星上

为了求生，通过化学实验来制造水

种植的土豆长势良好

感谢在地球上念过的大学和专业

使自己成为火星上最伟大的植物学家

一个人居住在火星上

这四十五亿年来的第一人

成为这颗红色行星的最高酋长和独裁者

正将整个星球殖民

当想起欧洲、美洲、亚洲，像想起一些村落

感觉当选美国总统也算不了什么

一个人独自居住在火星上

必须启用新的历法

寻找一本火星版《圣经》来读

还会经常想起哥白尼

一个人居住在火星上

饮食起居，一天之中经历前世今生和来世

独自消受以光年计的孤独和幸福

一个人居住在火星上

偶尔设想，假如火星跟金星相撞

作为一个无辜的地球人

那一瞬应该抓住什么当作扶手

最终会被抛甩到哪个轨道

一个人居住在火星——

遇到人类发射的太空船遥控车正在工作

会忽发奇想，朝地球扔一块石头，变成陨石

传达星际芳邻的信息

并收藏进航空航天局

一个人居住在火星上，天天胡思乱想

一个人就这样独自居住在火星上

对地球害着怀乡病

想念那边的亲人

期待有人用望远镜看到他

等着有人乘飞船来接他回家

2015. 11

南风歌

哦，南风，阵阵吹来
把花朵放上枝桠，让云雀飞得更高更轻
两座白头到老的山峰有了感动
上有战场遗址，一枚古炮还咳嗽了两声

哦，南风，缓缓吹来
一朵云有了安魂曲似的呼吸
所有曾经的寒冷如今都被证明是温暖
雨飘落在中国最大的半岛上

南风的盛大感召使大地意志脆弱
山径上小毛驴有点晕乎乎
为走得稳健，它的背上驮了一宗货物
一辆杜卡迪飞驰而过，留下嘲讽的尘埃

让名字和一串数字替我在山外生活
我衰败的躯体行走山中
美德来自外层空间，南风浩大，天地有恩情
我的想法一点一点地变绿

山峦起伏，把黄昏举过肩头

南风有强大的说服力
以致崖壁传来回音："这是南风快递公司
一封寄自春天的快件，请签收。"

2016. 3

盘山路

盘山路充满狂想
高处巨石翻滚，低处页岩层叠

从盘山路远望
相邻两个小山包对峙，在下一盘棋
我的视线随一只鹳鹉移动，我与它共用一颗心

看得见群峰连绵，天蓝，风淡，太阳偏西
一个庄严的大气压
使这个冬日下午光芒万丈

我提着自己的心
越走越远，越走越高，越走越飘，越走越悬
越走越像行在老虎脊背
越走越没退路，感觉与尘世好聚好散

盘山路演示辩证法，我螺旋式上升
这样走下去，需要一根避雷针
需要一顶降落伞，需要在胆量周围
竖起一圈护栏

需要默诵：
"我是困苦忧伤的，
愿你的救恩将我安置在高处"

盘山路之上，盘山路尽头
天色渐晚，抬头将看到星星伶牙俐齿
侧耳会听到天上的说话声

我走在盘山路上，孤身一人像一支部队
这样走下去，一直走下去
会不会在某个拐弯处忽然遇见
迎面走来的我自己？

2015. 3

信号塔

信号塔矗立山巅，孑然一身
相邻的山头上，并无一座母塔与它匹配
独身也是出于对生活的热爱

一个人抵达山巅，还想继续沿钢铁架构攀至塔尖
触一下潮湿的白云，嗅嗅天堂的味道
替人类瞭望一下前程

信号塔不是巴别塔，它只望天而不通天
亦无资格像教堂尖顶那样谈论救赎
它其实类似田纳西那只坛子，让周围荒野朝它聚拢

信号塔上足了发条，令周围空气发痒，微颤
它通知天空一些人间讯息
偶尔也把天上的想法，转发给大地

它采纳风的意见，收集飞行器的心情
它把晴空万里的热度和亮度积攒起来，去抵抗阴霾
它有时截留电缆里的幸福供自己享用

一群蝙蝠穿越信号塔周围的暮色，返回山洞倒挂着

这些瞎子自带超声波以遥感未来
只有人类才关心命运，往天上发邮件并渴望得到批示

信号塔仰望天空的力度超过哲学家和圣徒
它每天早晨向天空脱帽致敬
周围山峦全都鞠躬，齐刷刷地配合

信号塔耸立山巅，没给自己留后路
它只拥有一条通往上苍的虚空之路
那条路在时间之外，那条路两旁栽满了小白花

2015. 2

柏树林

柏树林静悄悄

柏树林相信好天气

相信天是蓝的，云是白的

相信山势起伏得有理

相信半山腰红砖房是为与它般配而建

柏树林的根系抱紧岩石，姿势决绝

密密麻麻的模样整装待发

月黑风高时，气势接近谋反

比其他树木更像写下了决心书

柏树林穿着帆布衣裳

有着批发的庄严

柏树林以自己为旋律，而孤悬在陡崖上的那一棵

是掉了队的音符

最激越的乐段分配给了鹰

柏树林怀揣着油脂

分泌出坚贞的激素

以无限和无言来表达不朽

除了永远，一无所有

柏树林能文能武

却总在低语、静默

风并不能使它们心动

谁能告诉我，这柏树林
它们一棵一棵，为何这样老成持重
为何它们的叶子排列成了霜花的图案
为何它们总是挺着身子眺望
为何它们从来不谈爱情
为何它们佯装
不仅懂代数，还懂得几何？

2015.3

山间坟茔

去往东南诸峰途中，遇一座旧坟
枯草掩映着它不知哪朝哪代的面颊
一个土包、一块断碑、两块条石
把死亡均摊

春节前夕，坟上刚刚压了姜黄色的冥纸
使得悲伤又被刷新
让经过者看清所有英雄的末路
弄明白在一个坏了的宇宙里不会有好风水

里面或许点着一盏油灯，里面或许有打不开的网络链接
那人或许还在等一个口信
四周的时间在返回，空气充满预感

一片开阔地留给了晌午的阳光
松鼠跳到墓碑上方的树枝，瞅着碑文
双拳相抱，求签问卜

我走近了，那被两三行碑文紧紧关闭在里面的人
试图文白夹杂
说服外面这个病得不轻的人

话语全都写在了风上

春天来时，里面的纵声大笑会透过变松变软的土层
传递出来
在它的左前方，桃花感动山涧流水

走远之后，在一段上坡路
又回头瞭望这座小坟
我瞥见孤独的源头
天地悠悠，每秒钟都正在变成灰烬

2015. 3

月出东山

月出东山，又大又圆
照耀着归途，我像一首诗那样
拐弯并折行
从山顶渐渐下来

天地正吱吱嘎嘎关闭大门，四周多么寂静
屏住呼吸，才能听到山间细语
今夜盛大月光要把世界映成一个剧院
农历十五，月亮在她的排卵期
无比饱满

柏树林勾勒出来的山际线
色泽也在一层一层加深
一只披黑斗篷穿白衬衣的大鸟
从草丛跃起，飞进暮色
我加快了脚步

山脚下的灯火在望
我的心已比我这个人先到了家
忽然，一只刺猬披着铁蒺藜拦在路上

它说：你好

并且想给我一个大大的拥抱

2015. 3

山　风

从峰巅沿盘山路下行，迎面而来的风
把我拥抱托举，吹拂得衣裳和长发往后飞
揪我脱离地面

回家的路被大风拴住，系在我的腰间
我越走越快，比正在黑下来的天光快，比酒驾快
这么有上进心的人
为什么一走下坡路就感到无比畅快

风一定来自某个山洞
肺活量测试，把深深的喉咙收紧又放开
御风而行，骑在风的脊背
群山坐上副驾驶，一颗颗山头
脑震荡

在失重和迷幻中
从山顶滑翔至山腰，又朝向山涧
风的节奏和韵律掌管脚步
灵魂脱离形骸，走在更高处和更前面

泡桐花叹息着吐露香气，青杨比上星期又绿了一寸

山枣树发育晚，说一口方言
拐弯时探身悬崖，瞥见虚无和深渊

白色月牙儿在飘，空气中有透明梯子通向它
层叠岩壁在飘，晕染成水墨
信号塔在飘，声名远扬
春天在飘，已接近末了

忽然在一个垭口望见了夕阳，只有它不飘
它像一个草莽英雄，胸臆间的豪气
正把地平线压扁

风在山脚下渐渐平息
我慢下来，降落，停靠，又拽住了尘世的衣襟

2015.4

古　道

我在暮晚时分走上一条古道
山石铺成的小路窄窄长长
它藏匿山间，以蜿蜒之姿
匍匐了一千五百年
树和草把它掩映得清秀，时间把它磨砺出光芒

我在暮晚时分走上一条古道
上面走过草鞋、木屐、布鞋、胶鞋、塑料鞋、皮鞋、动物
　蹄爪
上面走过官府和民间
走过耕者、货郎、乡绅、太守、蚕娘、樵夫、邮差、商贾、
　将军
走过隐士、侠客、僧尼、赶考的书生、采药的良医
走过流浪汉和诗人
走过起义的、杀人越货的、隐姓埋名的
也走过私奔的男女，走过狐仙

我在暮晚时分走上了一条古道
它几乎已被废弃
人们都去了柏油路、高速路、铁路、航线
跟不上时代的少数人依然慢吞吞地走在这条千年古道上

一层层隔年枯叶随风哀叹
一群麻雀飞起又落下，自愿选择了落寞的生涯

我在暮晚时分走上这条古道
它有拐角，却无论如何拐不到公路上去
沿着它走下去，只能走进静默
沿着它走下去，连通故乡，连通相邻的另一个州府
连通着中国的史书

我在暮晚时分走在这样一条古道上
岁月这个包裹在失重，石缝里柏树籽散发灵魂的清香
当翻过一段陡坡
一轮巨大的落日抵挡在前额
崖壁上飞天造像已经模糊
衣袂却依然拂动青苔，拂动出一个春天

我在暮晚时分走在了这样一条古道上
脚步在路面轻叩出回家的声响
侧耳倾听，忽然感觉这条小路想开口说话
那么，它会用魏晋语气，大唐音色，北宋节奏
明万历口吻，清康乾声调
还是民国腔？

2015.2

一架飞机掠过

一架飞机掠过山谷
它飞得过低，几乎擦着山，山的鼻尖吓出了冷汗

在谷里走着的人
抬头仰望，巨大轰鸣压过了内心的悲伤

这架飞机驮着几千里孤独
飞过这片有我的荒山野岭，去有爱的地方降落

油箱中大剂量的黑暗，发动机里万有引力的教诲
全都跟我身体内部相仿

如此低飞，像在认输，像在乞求
如此低飞，似出于多情，在寻找另一位钢铁做的爱侣
如此低飞，想必有一颗裂缝的心
如此低飞，很容易陷入遗忘和走神
如此低飞，一定发生了什么，一定有它的苦衷

低到能辨识出空客机型，以及邮票般的图案标识
一个个窗口那样谦虚
上面的人也看得见我，这个在谷底徘徊的

失魂落魄之人

它曾推动地平线，它勾画过城市天际线
天空中有属于它的道路
那道路跟地面道路一样，有阳关大道和羊肠小道，有上下坡
有坑坑洼洼，有拐弯，也有死胡同
不知此刻它在这荒山中，走的是哪种路线

这移动着的银色，纯粹，虚无，沉默，透明，晦涩
这移动着的银色，是形而上的，是未来主义的
这移动着的银色，带了弧度，是隐喻的颜色
这移动着的银色，仿佛虚构出来的

这移动着的银色，有别于山中一切：岩石、植被、走兽
它模拟飞禽，嗓音却泄密，肢体也太过僵硬
这移动着的银色，使山里气温降低了二至三度
这移动着的银色，把头顶上的天一分为二
这低低地移动着的银色，让人感觉上面有一个
永远不会将计划付诸行动
只是爱做白日梦的恐怖分子

一阵风被裹起，有念头，有犄角，有危险的呼吸
空气清凉，松脂浓重，山之褶皱层层舒展
白云千载，阳光大步流星
时间逍遥，时间没有台词，时间去往何方

这架飞机就这样轰隆隆、轰隆隆地掠过
这架飞机就这样轰轰隆隆地飞过去
我的悲伤由一条河流变成了一个漩涡
一座座山
如此镇定
而地球
越来越重了

2015. 1

山中欲雨

一里云雾，十里云雾，上百里云雾
默念口诀，把群山紧锁
那座形似三只木屐的山头
已看不清楚了

天提前黑下来，这里只剩我一人
隐姓埋名地
歇坐在一块大青石上
页岩里夹着昆虫和草叶的遗言

天越来越黑，没什么好怕的
身家性命是背包里一本诗集
前世是一棵紫楝，来生做一株花楸

周围是松柏的游击队
槐花香得有些慌乱
包裹在水汽里的草木全都屏住呼吸
鸟兽虫豸潜伏各处，没有一丝动静
这山中诸侯，没出五服的亲戚，预感有什么将临

风开始变硬，前来辞行

半山腰传来三两声狗吠，把暮霭咬出一个小洞
从黑白不甚分明的书页上抬起头
恍惚看见山神磅礴的侧影

挤在城外的雷声，携带没有糖衣的炮弹
以一身轻功，翻山越岭
它们的麦克风是南边的山口
它们的道路是隐隐和隆隆

冲着山崖大喊，嗓音只要再提高半度
雨点就会被震落下来
一场雷雨已坐上大气压清凉的后座
正攻陷城南，想把春天和夏天
划分开来

2015. 5

山中信札

我要用这山涧积雪的清冽
作为笔调
写封信给你
寄往整个冬天都未下雪的城里

我决定称呼你"亲爱的"
这三个汉字
像三块烤红薯

我要细数山中岁月
天空的光辉，泥土的深情
沟壑里草树盘根错节成疯人院
晨曦捅破一层窗纸，飞机翅膀拨开暮色
世间万物都安装了马达

我在山中行走
每次走到末路穷途，都想直冲悬崖继续前行
我已经为人生绘制了等高线
我有地图的表情

根据一大片鹅卵石认出旧河床
在崖壁间找到一脉清泉

在田垄参观野兔故居
这些事情，我都急于让你知道

我要细说峭岩上的迎春花怎样悄悄绽放
有一朵如何从它们的辫子
攀援缠绕至我的发梢

我要写到灌木丛里的斑鸠
我真佩服它们
用最简单词语编写歌谣
总把快乐直截了当地叫喊出来

我要讲述太阳
如何下定决心晒我
从表皮晒至内核，把凉了的心尖焐热
把泛潮的小谎言烘干，等待风化
我接受了阳光的再教育

还要提及
每次经过一座躲在阴影里的孤坟
我都担心墓碑上的某个错别字
会妨碍灵魂远行

我要向你汇报
至今还没有遇见老虎
如果万一相遇，我会送它一块松香

跟它讨论一番苏格拉底

还必须说说令人不快之事
最边缘的一片山峦被劈开胸膛，容纳人类的欲望
动物们植物们正打算联名
起诉推土机

我想说，那些气喘吁吁的问题，我都弄明白了
并打定主意
向季节学习抽芽萌长、凋零、萧瑟，向星辰学习闪烁和隐匿
向地球学习公转自转

最重要的是，我要告诉你
经过了这样一个冬天
我依然爱你

在信的结尾
我要用一粒去年的橡树果当句号
落款署名小鼹鼠

我要趁着这山涧积雪尚未融化
快快地把这封信写好
让南风
捎给你

2015. 2

一朵雏菊

晚归的时候

大山给我一个拐弯

让我拐过去

被你拦住去路

这条路是谁的路

原本是蜜蜂和蝴蝶的路

是鼹鼠和蜥蜴的路

是被尘土镶边的风的路

是酸枣枝桠晃动着的影子的路

你刚刚开放

在那么陡的坡上，把腰杆挺得笔直

柔软的面容里有永恒

砾石堆把你衬托得尤其耀眼

比起你的美，孤独总是显得过小

雄心总是显得过大

你的一生很短

只是为了标在春天页面的底端

用最小号字体

做一下脚注

我走过来的时候

仿佛在预料之中

你稍稍侧了一下身

做出邀请的姿势，说：

"请——"

2016. 3

废 村

这里再无人影
变得像一个孤立的星球
幢幢房屋属于遗失物品，等待招领
所有门窗大敞，等不来故人

庄稼无人收割，它们辨不清今夕何年
南瓜藤和红薯秧以沉默为路径
沿门前台阶爬进卧室
抵达废弃的梳妆台

一只因乡愁而返回的狗
在丰饶的垃圾堆上怀旧，以诗人自居
它有何求？它只是心忧！

传说中的那口千年老井
水面与天空保持着微妙的平衡
井底之蛙依然在观天
胸怀宇宙

黄昏降临，某个声音响彻空荡荡石板路
声音之外还有另一个声音

前世来生的回声，都被收进村口的山垭
北风正在那里张开衣袖

2016. 3

霜　降

在罗袁寺山巅，那棵眺望的柏树多么孤单
它在等待第一颗星辰出现

一大片棕色茅草苍苍茫茫，刚好没膝
败落的浆果有发酵的味道
黄栌在变红，山谷里最后一朵曼陀罗
正拼尽最后气力开放

不远处传来石匠的敲击声
以阳光和空气为媒，把时间穿透
石头体温降至偏低
恰好用来刻写山中律法

鼹鼠和刺猬在打包
在寺庙遗址瓦棱上，蜈蚣舔舐出逃亡路线
蟋蟀制服褪了色，叫声里有六角形冰针
它们半生收场，来不及鸣锣

凉风吹我衣
整个晌午，朝向一面滑坡的山体攀登
抬头可见藤蔓火红

缠绕在高压线上，又倒映在空中

云欲飞，石欲落
伏倒的草丛有滑腻之心
某段路面剥离驳起，看得见下面掩着的旧石板
带着上个时代的屈从

2016. 3

与母亲同行山中

依靠心脏起搏器的动力
母亲跟随我进了山
胸膛里似乎有咔哒咔哒的声响
六十九岁，她靠一台进口机器获得了强大的内心

雨后的山峦，随地势赋形
谷地怀抱满满的槐花，使空气香甜
坡路上，认出忍冬，只需望一眼，感冒即愈
穿越沟涧时，遇到一只松鼠
一口气跳跃三棵柏树

母亲找到山韭和苦荬菜，像找到童年
她谈起十年前那场车祸
和我那死去的父亲
我佯装轻松，不让她看出我每天还在与父亲交谈

看，那亿万年的山崖，背着十字架
面对它们，谁都太年轻
父亲去矣罢了，跟亿万年山崖相比
六十岁跟一百岁没什么区别
我用与天等高的理论从哀伤里杀出一条血路，让母亲释然

山腰的酒旗飘在风的括号里，我提议到那里吃晚饭
松菇炖土鸡
那是我的最爱

我们正从时间里一点一点地后退和隐去
当我们从时间里完全消失之后
这一座座青山还在
星星依然在上空运转
就像我们从没来过，就像我们从没来过

2015. 5

蚱蜢在紫菀花心里

一只微小的淡绿色的蚱蜢

在一朵初开的紫菀花心里

流亡并潜伏

犹如精密仪器

探索着蜷缩起来的四维或多维空间

一朵花的银河系

跌宕着展开

我在山坡上溜达了一个小时

又绕回原地

看见这只蚱蜢依然

驻守那个花心

它已离开平流层的花瓣

到达柱头的太空站

依靠在微风中摇晃产生的离心力

在那里吃喝、睡眠、散步、跳华尔兹

想寻找另一只异性蚱蜢

来谈情说爱

此念头一经产生

这朵紫菀就颤抖起来，雄蕊开始向雌蕊授粉

花冠直径蓦地张大了一点点

当蚱蜢决定沿着花柱

向更深更远处进发

必须逃避紧挨花托的子房里

那枚相当于黑洞的胚珠

产生出的巨大引力

它在胚珠附近待一秒钟

这朵花的其他部位就过了七分钟

我则在山中过了一小时

而山外已经度过了整整半天

就这样，空间在一朵花里

扩张并发生弯曲

时间在一朵花里

压缩或者膨胀

爱在一朵花里

产生爆裂的能量

这只幼小蚱蜢

被锁进一朵花

在那里探索天文学

我背负着遗忘

一直在山中，深居简出

再也找不到

比山中更好的套盒了

再也找不到

比一朵紫菀更完美的宇宙了

2016. 3

望 山

从新居窗口，拉开窗帘

就能望见山

它压在那里，那么镇静

南风不能使它

移动一寸

今年野花乱开时节

正是我最绝望之际

似乎一座大山

才有力气把我拴住

系在这尘世上

我每天出神地

遥望这座山

给它相面

看那起伏的山际线

背负整个天空的十字架

云停靠半空

一朵云提问，另一朵云回答

讨论永恒之事

巉岩探出悬崖

身姿充满决绝

山间岔路带着疑虑

伸进更陡峭处的松林

一些去秋的玉米秸秆

残存在田里

留下一个惨淡的结尾

野兔带着三瓣嘴

重出江湖

奔跑过草丛

留下怯怯的体温

鼹鼠押送生辰纲

经过田埂时

遭遇了蛇的埋伏

远处隐约有座小庙

并未住着我的神

我信的那一位

端坐在云霄之外

电缆在山坡上

日夜兼程

运送的全是

别人的信息

我常常呆呆地

趴在窗前

从日出望到日落

仿佛在读一部巨著

有的人今生和来世

都不会相见了

也不会有音讯传来

从此，我像这座山一样

哪儿都不去

绝交书一式两份

一份寄出，一份存底备忘

从此与一座山

相依为命

粗茶淡饭，布衣旧衫

连咳嗽和叹气

都得到崖壁的回音

从此权倾一座山

命运被一场大雪

一分为二

自封女王，用野菊加冕

我就这样每天

在窗口望山

天黑下来时，银河横亘峰巅之上

宇宙的门窗

竟有那么多碎玻璃

近处，星星刺痛

正冲着我头顶的那一颗

摇摇欲坠

2016. 4

山坳

秋天正在破产，颜色更加鲜艳
大地的身体里打捞出了一座宫廷
这个在地图上尚未标出的地点，我喜欢。

周围山冈耸立，现在已走到了最凹陷的位置
天是静止的，云是清虚的
溪头那座破旧的亭子应当写进县志
身边的大青石可用来醉眠，这些我都喜欢。

那阳光的恍惚，南飞的绿头鸭的哀愁，石板路的蹉跎和蜿蜒
山那边传来一辆拖拉机突突突突的埋怨
我也喜欢。

如果你唱段京戏，用长腔把我绕进去，让我回到出生以前
让我的身体一咏三叹
我会更加地喜欢。

2007. 10

失败里有美好

失败里有美好
雨终于从乌云坠落到大地上

失败里有美好
火车脱轨,减速,停下,再也无需追赶时代

在失败里低下头去,签名认领一枚
把我炸得血肉横飞的炸弹

在失败里弯下腰去,不小心跟大地押韵
拾穗的穷人既不上诉也不呼喊

在失败里蹲下身去,丛林战栗
食物链末端的小动物把碎牙齿咽回肚里

往事归零,记忆清空,岁月格式化
除了一身轻松的风,失败者什么都没有

丢了江山社稷,一条道走到了黑
寻不见曾并肩同行的人

按原路返回，独自路不拾遗地往回走
把长长的来路辨认

诀别被追尾的爱情，诀别打了折扣的江山
拐过一个弯，看见地平线

失败里有美好，它拉着我的手，领我回家
回到出发的地方

在失败里安居下来，夜不闭户，篱笆挡住秋风
在命运角落里，有破破烂烂的温暖

失败就是获救
在天花板上摆放太阳、月亮和星辰

失败把孤寂喂养得盛大
时间繁茂，空气生出苔藓

失败说方言，失败慈悲，失败是不动产
失败的沉静里有史前遗址的深邃

谢天谢地，我终于败下阵来
节节溃败地退回到了亲爱的老家

失败里有美好，天快要黑了
我面朝一条大河，坐在了小山冈上

2015. 7

第二辑

瘦西湖

瘦西湖瘦在哪里？腰身和精神
而雨里的野鸭子是胖的，模拟画舫雍容而行
水草也过于丰美

把每座桥走遍，也没弄清哪座是二十四桥
只好重回杜牧的诗中去寻
十年前我恋爱时去过的茶社，门庭已改——改得好
即使在我的诗里，它也已灰飞烟灭

古代工匠只镌刻了水榭廊柱上
某一朵梅花中的一小片花瓣，天就黑了
短短的一生在昏昏欲睡里显得漫长
其实镌刻不了几朵梅花
人生就将尽了

水边的美人靠，倚着我的中年
我因长相平淡而从无迟暮之感
巧克力冰激凌是我的最爱
不哀叹光阴，因在哀叹之时，光阴又短了一寸

2014. 10

沉　香

被虫蛀，被兽咬，被刀砍，遭雷劈，遇龙卷风

在泥石流和塌方里折断

经土埋，让沼泽淹，患毒疮之病

它枝杈伸展，并不能当作臂膊来救自己

破裂的肺腑也无法当作嘴巴发出质疑和辩解

答案写在天上，天空为何不语

天空不语，云和云相互破译

这树木中的约伯，历经大自然之奥斯维辛

终不至于死去

在荒僻之地独处经年

启蒙的微光照进黑暗

未经包扎的伤口以时光作绷带

又卑贱又顺从

散发出旷世之香

这香气是苦弱者的哀歌

默默抵挡世界的歇斯底里

有人读经，有人静默，有人望天，有人旅行

有人一溜烟跑过前半生

深棕色富于耐心

为命运永动机提供抱负

当它被点燃，整座热带海岛作了它的香炉

祝福正在上升
抵达星辰和外层空间
赏赐者也是收取者
从前风闻的，现在亲眼看见

2016.1

生祠镇的春天

这个阴天的下午，我走到了生祠镇的背面
一个孤独的背影
支撑八百多年前的朝野
他在一首苍茫的词里吃着虚拟的庆功宴
这个下午，云还在八百年前的位置
春风吹着一只闲逛的狗，它与庙宇达成默契
它有着宋朝的眉眼

而生祠镇的正面是鲜亮的
河道纵横，没有来路，只有去路
通向水边的台阶，一个年老的洗衣妇槌打着命运
木船运载虚无，吃水颇深
油菜花巨浪滚滚，没有标点，随地势起伏
光芒在瞬间照亮了一生
铅笔素描的水杉还没有绿，一排排单腿站立
围绕着白墙黑瓦
木门扉上的红对联把时光映衬得
黯淡下来

我准备上船时
一支出殡的队伍正走过田野

唢呐声刚刚停下，雨点就落下来了
天空那么高，道路那么远
死去的人将独自安居在开花的蚕豆田

2015. 4

镇扬渡口

我和母亲
两小时走完隋炀帝两个月路途
京沪高铁替代京杭大运河
使须臾人生变得更短促
让一路捧读古文的我感到些许不适

接下来从镇江去扬州
瓜洲在望
想起妙玉和惜春
船至江心，忽举起行李箱，仿杜十娘怒沉之状
母亲微笑：箱子里没一件值钱东西！

旁边是横跨的公路大桥
一架波音 737 从空中掠过
整个时代都在汽车上，我偏要行船
整个民族都在飞机上，我偏要行船
我的慢，使我脱离数学和经济学的原理
成为诗人

江面承载着
自己的浩渺和混浊

沙洲上芦苇患着自闭症

在臆想中抽刀断水

一叶小舟漂荡在长江，离岸而尚未靠岸

一叶小舟漂荡在长江，竹木之心起伏而空寂

一叶小舟漂荡在长江上，哦，这是汉语的孤独

2014. 9

雨中赶往遂昌

杭州的天阴着，到了富阳

开始飘雨

雨在桐庐下大了

以 100 公里时速

赶往遂昌

探望明万历年间

公务员汤显祖

不关注他的政绩

只感兴趣病弱瘦小的男文人

如何臆想比浙西山水

还要唯美的爱情

一条江与我同行

辨不清钱塘、新安和富春

只知同一条江

有三个名字

车过建德，我睡着了

窗外雨声变得遥远模糊

仲春之月，昼困闲睡

黛青的山能安神，睡意绿蒙蒙

竹林在梦里拔节

偶尔的轻咳是清澈的

没有梦见男人

我的柳梦梅已远去，进入他人的梦境

生前、死后、死而复活

都不会再相见

车到龙游，被鹧鸪声唤醒

云雾和飞瀑缠绕山涧

桐花随风散，油菜花孟浪

杜鹃在这个偏冷的春天将开未开

有良辰美景，无赏心乐事

山水已经太美，怎再奢望恋爱

雨渐渐变小

我这个旧了的人

揣着一颗冒烟的心

赶在天黑之前

抵达昆曲呢喃的

遂昌古城

2016. 4

致少年同窗

帝王之冢压着一座故都，既春秋又战国
两千五百年后，胶济线上的一个小站
淄河水里有韶乐之腔
坐在教室里，疑心脚下埋着青铜剑

墙外的麦苗在返青，墙内的青衿在发育
身体成为身体的叛徒，烦恼过于昂贵
女孩儿清脆，男孩儿沙哑
看在老天的分上，谁也不跟谁说话

黑板上种土豆，作文本里栽花，试卷中埋雷
影响人生观的公式定理将是
代数的合并同类项，几何的两点之间线段最短
前者用来交友，后者用于恋爱

屋前圆柏，屋后青杨，屋顶上澎湖湾绕梁
水塔扛着落日，瓦檐刺破晨曦
翻过东北角茅厕的砖墙，望见河滩和自由
一声长鸣，蒸汽机火车带来地平线、白日梦和远方

豆荚里有一个理想国，细草叶上有太阳

决心书装上了电池，小剂量的沮丧尤能唤醒欢乐
未来有始无终，将柏油路一直修建到脚后跟
一个盛大夏天把轻别离的少年送往何方

三十年过去，河东没有变成河西
如若聚首，从豆蔻模样推导不惑面容
谈谈春花秋月吧，何必在意功名的偏旁与部首
车票单程，命运没有带伞，唯愿天佑平安

2016. 4

还是那个小小姑娘

那扇喜悦之门作为分界线，其实是隐形和虚拟的
无论你在门的这边，还是门的那边
你都还是那个小小姑娘
你总是那么明亮

你坐过的童车，穿小的衣裳，旧了的布娃娃
你的水壶和书包
那个讲到一半的锡兵的故事
都还搁在原处呢
它们不会被挪动或者消失
你随时回来，一眼就能看到它们

北风兴起，南风吹来
你盘起来的长发又浓又密，充满了力量
你长裙曳地，走过山冈
其实你还是那个小小姑娘
你总是那么明亮，像住在琴里一样

临行前，送你雅歌，送你云朵
还要送你避雷针

至于那个没有讲完的锡兵的故事

你自己将会接着往下讲，对着另一个小小姑娘

2015. 12

写给卡米尔·克洛岱尔

去他的，罗丹

跟人生达成妥协的男人

成了大师

命运圈套带着诅咒

把女人箍紧

两片国土接壤演变为

宗主与殖民

去他的，罗丹

以及罗丹的影子和气息

十五年，无限中的一个片断

日历计量着的也许是

某种不存在

卡米尔·克洛岱尔，你的爱

住在他之中

那爱映照出了你

性别和才华在打架，在摔跤

巴黎的天空全靠爱情支撑

而今没有了力气

那就索性让天空

塌下来吧

一个在别处也可寻得快乐的男人

别再让他劳你的大驾

他爱的女人已化整为零

分散在各个不同的女人身上

你作为大于整体的部分

别再让他劳你的大驾

十五年，使用的是正常人身上的疯子部分

爱情把爱情摧毁

重新在一起的方式

唯有分离

彻底删除才能永久保存

从相爱那刻即被抛弃

去意已决，才对得起那初次相认

卡米尔·克洛岱尔

要么百分之百，要么零

谁也不是谁的狱吏

靠进入大师作品而获永恒

是某些女人的愿望，并不是你的理想

如果可以的话

爬上巴黎圣母院钟楼，爬上埃菲尔铁塔

逃离罗丹

坐上马车，坐上汽车，坐上轮船，坐上飞机

逃离罗丹

你做你自己的方舟

逃离罗丹

此人不再是

你在这颗星球上找寻的

不再是

地图上的目的地

相距甚远地活着

爱泥巴甚过爱男人

亲爱的卡米尔·克罗岱尔

围攻的号角吹响了

孤身一人

对付所处时代

和湿冷的精神气候

心要横放，姿势保持僵硬

一旦柔软则全盘瓦解

抽掉脚下大地，那就抬头望天

并向上飞翔

那个玩泥巴的小女孩

独立于欧洲的空气，制造出自己的空气

一道自上而来的光

照在手上

斧子、凿子、雕刀使得

石头血肉四溅

渐渐浮现出

一个宇宙

亲爱的卡米尔·克洛岱尔

朗姆酒使你飞翔

高度易燃易爆物品

对人性平均分深表怀疑

把雕像砸碎或扔进塞纳河

没雕刻出来的远比已雕刻出来的部分更重要

不能在有形中找到的，就在无形中找到

生活不安全

房屋做掩体，仿佛外面正在空袭

以木板钉死窗户，跟人类不再往来

突破人的限度来寻求自由

飞越罗丹和罗丹们的头顶

直达蒙德菲尔格和沃克吕兹的疯人院

一个人类中的异族人

与上帝不再相连

四十余载，只差一疯

唯有一疯，方可抵掉

十五年相守

以两倍岁月来缄默

直接判决，不许上诉

赤手空拳，自己即雕像一座

一双看不见的手

将你雕塑成这般

挺立于石楠的荒野

墓前 1943—NO. 392 字样，最终也被

推掉铲平

脚下一片虚无

弟弟从远方归来

看见苔藓和地衣的孤独

那个女疯子或女英雄

你在哪里？

当许多年以后
电影《卡米尔·克罗岱尔》
被翻译成汉语《罗丹的情人》
在不属于你的时代和国度
你又不甘心地
死了一次

2015. 1

三万英尺之上

在三万英尺之上写信

只能写给上帝

飞机正飞过白令海峡

有些颠簸

上帝以慈祥的目光

目测这架波音 787-800

此时给他写信

用汉语、英语还是希伯来语

总之要用巴别塔之后

他变乱了的某种语言来写

这是美国航空公司的航班

中年女空乘的笑容

那么可口可乐

上帝爱我们，也爱这架飞机

我写信是想询问：

亚当和夏娃改过自新之后，可否重返伊甸园？

诺亚的鸽子飞回方舟了吗？

天堂和地狱，两边的人能否彼此望见？

飞机飞到了太阳的藏匿之所

它像一盏灯悬在那里

刺破黑夜，露出青蓝的天

继续飞行两小时，又看到月亮
半张脸亚洲表情，半张脸北美表情
太阳、月亮、地球，宇宙客厅博物架上的
三个小摆设
同时出现在舷窗外
过去、现在和将来排列在一起
与飞机平行
望过去，那么寂寥，竟跟创世纪时
一模一样

2016.4

去得克萨斯

开飞机其实跟赶牲灵
也差不太多
被它驮着从北京出发，往东北方向
一直横过地球的前额
然后，沿着鼻梁向下
我要去的地方叫得克萨斯

那是抢银行和越狱的人
最先逃往的地方
身后警车紧追，头顶有 FBI 直升机
从那里可以出境
经海湾或墨西哥去往更僻远的拉美
躲避一时或藏匿终生

那里是牛仔的老家
牛仔在中国该叫牧童
牧童赤脚戴斗笠，牛仔蹬马靴戴毡帽
牧童挥柳枝，牛仔持左轮手枪
牧童暗恋织女，终与蚕娘成亲
牛仔爱着赫思佳，有的也上演"断臂山"
牧童骑水牛，吹笛子

牛仔一边骑马放牛一边弄摇滚
他们在不同国度都热爱着乡村音乐

那里天大地大，有农业的表情
牛的头数远远超过了人口
天天吃披萨和牛排
最棒的一家小店开到了全球
在中国起了一个很上进的名字：必胜客

那里是小布什种田的地方
是肯尼迪的伤心之所
姚明把一只篮球从上海
隔着太平洋投进了那里的篮圈

在一颗孤星的照耀下
龙卷风动不动就想把整个州倒扣
有时云低低地压在帽檐
太阳一出来，天就升得老高

矢车菊沿着漫长公路无尽地开放
仙人掌张开带刺的手心，谁也无法收割它们
石油成为沙漠里的喷泉
为这个州守夜的是穿山甲和蝙蝠

飞机这头毛驴啊，你快快地跑
我跟你一样，体内有不止一个发动机

和一颗朝向终点的心
请你快快地跑，驮着我和两大箱行李
去得克萨斯

2016. 4

达拉斯机场之夜

飓风在国土上翻跟头
飞机壮志未酬
趴在停机坪
今夜，安检口用 X 光透视着沉默
行李传送带传送着孤独
海关把守国家的大门，挂着一把大锁
我斜靠候机厅椅子，脚搭行李箱，准备入睡
旅舍七千公顷
空旷无比，像在追问人生的意义
旁边一对印度人
一个睡地板，一个睡椅子
突然想到，我跟他们一样
都来自东方古国，来自第三世界
我是诗人，他们仿佛流浪者拉兹和丽达
一个黑人小伙儿吹着口哨经过
朝这边瞥了一眼
几百年前他的祖先被贩至新大陆
又遇到那个姓林肯的亚伯拉罕
今夜，这个国家用一场飓风欢迎我的到来
两只箱子放在脚边，一小一大
小的叫故乡，大的叫祖国

2016.4

又见密苏里河

又见密苏里河
它还记得我十年前快乐的模样
雨季刚到，它变得开阔和自由
它像我一样孤身一人，越走越远，不回头

它在那么蓝的天空下也不晕眩
它有大大的瞳孔对着太阳
它在大平原上低语，一直低语到海湾
它把英语说得那么流畅

河上新添一座步行长桥
桥上有两州分界标识，正冲桥下河水中央
一只知更鸟单腿立在爱荷华
伸喙去吃内布拉斯加的草籽

又见密苏里河
每天夜里下雨，一到白天就晴朗
玉米和大豆幸福地生长在河的两旁
水位上涨，终将漫过思维的最后一块领土

鹰的翅膀抬高了天空，青蛙的鼓乐掀翻河汉洼塘

堤岸被橡树、毛白杨和麒麟草的联盟所服侍
北美洲用它的灿烂驱除我骨缝里的幽暗
高高的红色风向标忽然鸣响

又见密苏里河，依然是在春天
春天蔓延北半球
我已中年，三只牧羊犬，一只去世两只垂暮
这条河却只有涟漪没有皱纹

又见密苏里河，它把自己当成一封快递
送至峡谷、城镇、牧场和荒岛
自从那年见过它，它一直在我体内流淌
我像它一样孤身一人，越走越远，不回头

2016.5

将去康科德

让一条大路带我去康科德
去见爱默生、霍桑、梭罗、奥尔科特
在他们的墓前各放一束月桂或石南
人在书里永远活着

让阳光照耀着我去康科德
坐在老橡树下喝一杯冰咖啡
看完白房子再看红房子
我被文学蒸煮，被诗歌腌制，冒着热气

让风吹拂着我去康科德
在瓦尔登湖木屋前呆坐整个晌午
有鉴于山林的伦理和碧水白沙的美德
没有哪儿比此处更接近天堂和上帝

我头顶一簇白云去康科德
去看望纸页上的友人印刷体的亲人
把林中空地上的一绺魂魄带走
将来自中国昏暗狭窄书房的叹息和问候留下

让一条大路带我去康科德

读过的书一页页连缀起来铺成这样的大路

这是我在世上最想独自一人去走的路

小镇天空中四颗星星做我的 GPS

2016. 5

凌晨四点，纽约地铁

凌晨四点，一个女诗人独自乘地铁
横穿纽约
一件标着汉字的易燃易爆物品
如此快速地在黑暗中潜行

头顶上方，钢铁的乘法和混凝土的函数
模拟强力意志
一个闪烁不定的巨大电路板
一部分正睡去，一部分正醒来
哈德逊河梦游至布鲁克林大桥下
自由女神在打盹或假寐

华尔街将天空挤成一条窄缝
星光像汇率一样漏进来
百老汇曲终人散，仍无法从戏返回人生
当黑人醉汉在细雨中踉跄，对非洲泛起乡愁
大都会博物馆的木乃伊忽然打了个哈欠

双子塔两个人土坑，无语问苍天
敏感地觉察到一架飞机，像找寻亲人一样
找寻着肯尼迪机场

三一教堂用尖顶探测着耶稣的行迹
认为自己才代表人类盘旋上升的绝对高度

带着找不到地平线的苦闷，钻入大苹果腹腔
陶瓷马赛克编绘出来的站牌
在忍受之中爱上了纸屑、易拉罐和果皮
那些涂鸦隐约着天使或撒旦的影像
百年管道裸露，平台空旷，进入异域空间
一只格林尼治村的猫咪窜过轨道
走的是太空步

将悲伤携带出境，越过大洋、时区、体制和种族
一直带到这个全世界的十字路口
如果徘徊，就在曼哈顿徘徊
如果迷路，最好迷失在 42 街
走投无路时，请登顶帝国大厦

凌晨四点，女诗人独自乘地铁穿过纽约
双肩包里有一份自我放逐令
和一本难念的经
在迷惘和垮掉之间，在速度造成的恍惚里
她重新爱上了生活

2016. 6

在耶鲁图书馆

图书馆为自己的教堂形状

引以为荣

中殿壁画上的女神

一手托球一手拿书，长着蓝眼睛

引领人们通过穹窿和尖顶

抵达智慧的天国

拱形的玻璃窗上彩绘着

紫罗兰、三叶草和昆虫

使窗子成为隐喻

书库相当于这里的暗盒

确切地说，也许更接近阴晦的墓地

一排一排，形成分门别类的坑道

假设书架首尾相连

能从纽黑文一直排到纽约

作者大都已离世

读过它们的人也大都已离世

现在我走进来，一个尚未离世的人

一个蒙面人

扛着一麻袋汉字

与满屋子英文单词发生碰撞

彼此熟稔的，热烈拥抱

似曾相识的，颔首微笑

有的互不相识，脑门上干脆

硬生生地磕出了疙瘩

从林中路选择方向，从迷宫找线索

每一本好书

都是某颗星辰在尘世的反光

都是登天的垫脚石

它们在无人翻动时

一本挨一本，用冷寂安慰冷寂

偶尔摩擦出更多的冷寂

一旦被翻阅，便血脉流通

冒出了热气

在世界末日，也会有人在这里读书

担心末日之后再无书可读

就读得更加起劲

像我此时此刻，坐在墙角

在窄小的铁桌前

翻动十九世纪的纸页

与它们交换不同世纪的体温

偶尔抬起头，看到狭窗外

午后的天空

和镶着亮边的云朵

2016. 6

沿海岸行驶

铁轨在延伸，在继续
与海岸平行紧挨，这种相伴多么靠谱

挨着车窗，越过次生林望见海
海水绿得温存，它的宽松袍子那么合身

火车开上一座座铁桥
有相当一段路途，是行驶在大西洋上
天空把孤独投射在海面
火车从一头鲸旁一闪而过

山坡上，一幢白房子怀抱着花
俯身眺望大海
海鸥飞越车厢，鸣叫声里有对春天的庆祝

那些沙滩仰卧着，几乎还是空的
废船旁有一只去年的水罐
狗奔向大海，遛狗人用绳索牵引它对自由的向往

有的事物生来就要延伸，像铁轨和海岸线
还有我此刻的思想

它们将一齐抵达前方的海湾与河口

临时打一个名叫波士顿的结

2016. 7

在梭罗墓前

这个新英格兰小镇

有着春天的加长版

整个世界静悄悄

沉睡谷公墓里的人们在沉睡

太阳加大了油门

这世上最亮的灯盏

也无法照进墓穴

天空蓝得虚无

云仿佛从中世纪壁画里复制

树阴、草地、花丛都安居着灵魂

坡度起伏得和缓优美

似乎死亡也可以充满感恩

背面的小山坡

梭罗和他的朋友在另一世界

依然可以相遇

离霍桑五米，离奥尔科特二十米

离爱默生五十米

一簇开黄花的白屈菜引领我

来到一块极小极简的白石碑前

仅 16 开本杂志大小

竖插进平地

只比旁边散落的松果高出少许

它有十九世纪的表情

时光的斑驳和渍迹

使之看上去像一本发霉的旧书

省掉一切文字，只刻：Henry

拱出地表的硕大树根

接触过那坚定之躯

透过土壤倾听过耳语

这里埋着一位哈佛毕业生

和他的肺病

这里埋着一位大自然的亲兄弟

采浆果远足队队长

和他又大又深的蓝眼睛

他写诗，写散文，写不服从的文章

批判哮喘的火车

讥讽砍树的斧头永远砍不下云朵

他教书，制作铅笔，造玻璃纸

又担忧四肢生锈而迅速逃离

最终他做成了

睡莲、龙胆花、白桦、酢浆草的秘书

东鸫鸟、斑鸠、狐狸、松鼠、鲈鱼的经纪人

他为这片土地加上圈点和批注

为一条河流立传

他栽树，搭篱笆，盖木屋，种豆子

并打算一辈子都用来种豆子

他工作一天，休息六天

从离群索居和清贫里赊出自由

仰望写满真理的银河，给田野没完没了写情书

用强健双脚向大地表达敬意

他有过一次非典型恋爱，一次疑似恋爱

终生未婚

他过最简单的生活

直到把它过成了哲学

他 44 岁辞世，前半生简洁有力

后半生干脆省略

整整一个晌午，我找寻他的墓

仿佛找寻他的另一座小木屋

这最后居所

跟鼹鼠洞穴一样隐蔽而卑微

容纳他的倔强和孤独

我站在这个美国人的墓前

用汉语背诵了

《瓦尔登湖》中的一段

来自诗人徐迟的译本

我站在这个美国人的墓前

内心充满歉疚

这个终生热爱独处的人，躲到坟墓里

也没能躲开我的造访

我站在这个美国人的墓前

喉咙里涌动元音和辅音

一双皮鞋从中国一直穿过来

沾着孔子家乡的尘埃

2016. 6

候 车

一站牌，一木质条椅，一窄形电子显示屏
一遮雨小亭，一免费报纸箱
一条延伸进地图的老铁轨
一个大太阳

在梭罗的家乡
这就是一个火车站了

现在车站里只有我一个人，乘客兼员工
身体里有一个候车室和一个售票厅
有折叠的远方

双肩包被里面的一大盒巧克力麻痹着
调和着背负了上万里的悲伤
手工制作，本地产，故居旁的小店
他说：治疗爱的办法只能是更深的爱

那人写过这条叫菲茨堡的铁路
埋怨这只飞箭射中了他亲爱的村庄
他横过铁路，到他的湖边去
他从来不肯说火车的好话

发黑的木质电线杆抗议着风
而地面有了微微的颤动
一个柱形的工业革命的脑袋远远地显现
火车开过来了

地面上一道龟裂的黄线与双脚攀谈
我就要上火车，奔向不远处的一座大城
那里有他就读过却并不喜欢的哈佛

2016. 7

殖民客栈

鲜花攻陷了有圆柱的门廊
我入住进一国的史书，是扉页和前言

感谢侍者除了预备房间
还安排了一场小雨
雨点落入黄昏，落在 1716 年陡峭的灰屋顶上
烟囱还是那么热爱天空

存放过武器的厅堂，如今是前台
柠檬冰水和苹果交换着免费的酸与甜
曾救治民兵的诊疗室
萨克斯正吹出自由，大约是龙虾和生蚝奏鸣曲
烤玉米面包散发出新英格兰的清香

我的房间在走廊迷宫的终端
壁炉内三百年前的木柴尚有余温
胡桃木家具上的纹饰是另一时代的缩略语
已经疲于漫长的存在
而 WIFI，比高铁还快

传说中闹鬼的房间就在头顶

上百年前的幽灵偶尔也会在楼梯徘徊
遇见鬼魂的可能性
想必也被算进了房费，以信用卡支付

拉开窗帘，望见纪念碑，上面镌刻那一年
全地球都听得见的快乐的枪声

2016. 7

平山堂

欧阳修先生，栏杆外是千年后的灰色天空
江那边诸山已望不见了
视野狭小，唯见墙头乱草随风，墙外开过旅游大巴

昨夜细雨落在蜀冈的一片芭蕉叶上
蜗牛的独轮车，擎着时间的感应天线
沿着叶脉之驿路，缓慢地进入回廊下的宋朝

欧阳修先生，作为扬州市市长
你的文名远远压过了政绩
遗留这个坐花载月的诗会地点，让淮左名都深陷白日梦

让我前半生来了又来
上次来时正值堂前紫藤相亲，这次又遇荷花出阁
佛仍住在隔壁，面无表情

2014.9

海之南

在海之南，海水慵懒地围绕一座岛屿
一座把比基尼当制服的岛屿
它有一个好心境
它有珍珠、玳瑁和珊瑚

在海之南，在太阳最热爱的岛上
石头被晒至内核，露出真理
所有窗子都是百叶窗
里面有漫长的午后，住着谈情说爱的人
外面的天空是一阵狂喜

这是台风也加倍热爱的岛
上面有村庄、田地、河流、森林
有教堂、房屋、铁路、高速路
山峦伸出五指按在上面是为防止岛被刮走
鼹鼠忙于打通一条环岛隧道

在海之南的岛上，椰子树安家，果实高悬
砸中外乡人的脑袋
橡胶林为了减少伤口和包扎
打算干脆直接生长出轮胎和电缆

一定有巨大的蒸汽熨斗来来回回

掠过南太平洋上的这座岛

一定有从云朵里分解出来的自由

收容下所有失去故乡的人

火山口呆呆地望天，加了编号的灰烬和静寂

是来世上走了一遭到达尽头的样子

把自己想象成流放诗人，雪夜启程

孤身一人在一张宋朝地图上从齐州抵达琼州

车马劳顿，黄泥路旁盛开三角梅

把整个苍茫北方来安慰

找到定安郡，找到文笔峰，做落脚点

其实舟船车马早已换成波音，一架架孤独的飞机

一旦进入海岛云层，便误把自己当海豚

飞过海峡的时候，机身剧烈抖颤

那海峡用一场白日梦

把岛与大陆隔了开来

2015. 12

在湘西

我在湘西的时候，你在皖南
隔着三分之一个江西，四分之一个湖北，半个湖南
隔着洞庭鄱阳两座大湖
三千里山川草木全是我的无助

我在湘西的时候，你在皖南
手机短信发来时，我正在沅江和夷望溪交汇处
坐在船头，脚丫翘上栏杆
佯装没有听到你的呼唤
仰面看时空悠悠，想弄懂天空和江面的对白

我在湘西的时候，你在皖南
这个离家远行的夏天没有归路
你从敬亭山下来，会见到一往情深的桃花潭
我正对一座水中孤峰，峻崖之上是绝境，是苍天

我在湘西的时候，你在皖南
曾比照陶潜之文，满世界找寻，把你误当桃花源
而今在桃源县千年樟树下吃过蒿子粑喝过武陵酒
开始怀念屈原：涉江，惜往日，悲回风
在流放之路上，何必询问终点

我在湘西的时候，你在皖南
雾气如带横贯沅江，两岸丛林隐现青瓦木屋的村寨
而你正在徽派马头墙下喝一杯云雾茶
从中国移动到中国联通
这个夏天，湘西和皖南之间有一个巨大的空洞

我在湘西的时候，你在皖南
这中间的风吹得多么温软
我摊开地图，辨认着大地的纹理
并练习对命运挤出一个笑脸
这个夏天，满庭繁花耗尽，头顶浮云飘散

2015. 6

窗 外

吊脚楼凌空蹈虚
一杯荞麦茶的微苦诠释着我的中年
窗外是琼江，水势西回复折东

鲁班一直在设计着文言的巍峨
石板路上走着韩愈和米芾
不远处陆军军官学校穿着中山装
隔壁住王翰林，爱情如此具体，是一枝碧玉簪
县衙和文庙相互抱拳，墙上刻写了革命语录
微信正在发布某户人家的门板，它是一块明代木匾
上书"慈航普度"

各个朝代泛着湿气，在这个叫安居的古镇共处
青瓦的叙述缓慢、低婉、冗长
白鹭飞过这个时代的上空，靠内心控制着速度
我所在的今天这一页在风中起了皱折
忽晴忽雨中瞥见人生的虚空
时间在假寐，它其实已经转基因

窗外是琼江，琼江连涪江，涪江连嘉陵江，嘉陵江连长江
长江连着大海，连着世界

忽然我想沿高高石阶往下，走向码头
苔藓滑腻，纤绳把石头摩擦出深深凹槽
一只客船等在那里
我穿阴丹士林的衫子，拎带铜锁的牛皮箱
发辫上别一朵黄桷兰

2015. 6

季市老街

一只清末民初的草鸡煮出来的老汁的香味
飘浮在空气里
荷叶茵糕慈悲，酒酵馒头仁爱

石板路细长，庭院四方
黛瓦雕着蔓草和牡丹
一丛铁线蕨从窗棂生长出来
青蛙依然坐在井里观天，苔藓安然

铁匠铺、裁缝铺、中药铺和米店
陷进繁体汉字的乡愁
落日荒凉，映照青砖残墙斑驳的庄严

时间在空转
梦见一只水袖
门牌迷惘
在某个拐弯处进入新时代

老街之魂
一直都载在船舶上

沿墙后那条界河漂远
往东连着长江，往西也连着长江

2015. 4

何 园

如果适逢战争，一个弱女子
从他乡逃难而来
隐于这卷轴的山水和线装的堂室
用牡丹和芍药，腊梅和桂花
抵挡墙外的兵荒马乱

如果这弱女子
恰有一段疼痛的爱情需要忘却
月光映在回廊、层楼和叠石，又碎在水中
那个曾经滋润心肺的名字变成空汉字
往事多么虚无

如果这弱女子
从嘚嘚的马蹄声里听出春天还有多远
从青瓷碗中的饭菜咀嚼出方言
年华踱着小碎步，渐渐老去
她用酒量压过命运

如果这弱女子
不仅有乡愁，还有旷世之悲
一座园子抵挡一个乱世

人面桃花，山河入梦
一支笔在纸上奔走

如果这弱女子
似住在塔里，住在灯笼里，住在钟里
从最内向角落之深深处，望尽天涯路，望断云天
雁阵发出告别之声
天空大得能盛下过去和未来
白云悠悠乃是时光的面容

如果这个女子恰好
就是我

2015. 3

邮　箱

我们相隔多远？从网易到新浪那么远
邮件在光纤里穿梭
偶尔携带以回形针固定的包裹
字母上浮，汉字在邮箱底部沉没

我写给你的信，你写给我的信
有时同时跑过孤独的山东半岛
半路相遇，佯装不识
继续朝对方营地奔去

我们在邮箱里绝交过十九次
运载过胡萝卜、小红辣椒和蜂蜜
偶尔产生这样的念头：
一起在邮箱里过夜

个别时候，鼠标咔哒一声
信会弹跳，改道去流浪、走亲戚
迷途知返或者走失
我曾经丢失过一车干草

大雪封门，树林沉寂

一种不可知的力量使邮箱连接了苍穹
一封你写的邮件穿过茫茫风雪
支撑起我的夜空，把星星旋拧在幕布上

2014. 2

一杯咖啡

埃塞俄比亚卡法山区的黑人姐妹

采摘的咖啡果

携带一个古老大陆的浓香

经红海、苏伊士运河、地中海

前往意大利

途中，麦加吟诵古兰经

隐约有来自伊拉克方向的炮声

北极星照耀狮身人面像，在木乃伊的幻觉中

过了埃及

到达目的地佛罗伦萨之后，先用文艺复兴的余温

进行中度烘焙

再以十四行诗的韵律研磨成粉

免不了夹杂进一丝亚得里亚海风

当然，还得以西方文明的锡纸包装双层

接下来，运抵罗马，从此起飞，越欧亚大陆

在长江三角洲落地，这袋咖啡粉本想转机，继续前行

用绕地球一周的实际行动来证明

同乡伽利略的观点"地球在转动"

不料竟在上海入关，进入了五千年之中国

乘坐 D76 次列车

以 200 公里的时速

抵山东半岛

一只韩国的银勺子将它取出少许

放进浙江金华产的摩卡壶，配以日本滤纸

盛上济南泉水——李清照辛弃疾喝过的水

端坐天然气灶——灶具德国造，天然气输自新疆伊犁

不到一分钟，摩卡壶发出了叹息

香气弥漫，深棕液体倾入塑料陶瓷杯

杯子很结实，原是美联航专用的一次性水杯

在一次芝加哥至东京的旅行中被留下来

现在，我就坐在桌前喝这杯咖啡

读着《古诗源》中的魏晋部分

第一口喝下，顿感

风云际会

2010. 12

路过安徒生家门口

亲爱的安徒生，此刻我正路过
你的卡通的故乡
你的家门口——

鞋匠和洗衣妇的儿子
生在棺材板改装的床上，所以天生忧郁
14 岁携 13 克朗远走他乡
从此，稿笺被欧洲的雨雾洇湿
以驿车车轮的节奏
写下满纸寂寞

再苦难的人生也可以过成童话
旅行即梦游，礼帽、手杖、雨伞和皮箱
是仅有的道具
一挥手，它们就跳舞
在光荣的荆棘路上

亲爱的安徒生，我们相识已久
我看见，机场的鲜花全是小意达的花
安检人员都是坚定的锡兵
那个在我护照上盖章的大鼻子男人

116

分明是大克劳斯

我从中国来，从有宝塔和戏台的国度来
"在中国，皇帝是一个中国人，
他周围的人也是中国人。"
嗯，这是你写的句子

亲爱的安徒生，我抵达哥本哈根
而美人鱼不在，她出访上海 EXPO 未归
请允许我模仿伊人之姿
侧身跪坐在机场咖啡厅的椅子上

2010. 10

抱着白菜回家

我抱着一棵大白菜

穿着大棉袄，裹着长围巾

疾走在结冰的路面上

在暮色中往家赶

这棵大白菜健康、苗壮、雍容

有北方之美、唐代之美

挨着它，就像挨着了大地的臀部

我抱着一棵大白菜回家

此时厨房里炉火正旺

一块温热的北豆腐

在案板上等着它

我两根胳膊交叉，搂着这棵白菜

感到与它前世有缘

都长在亚洲

都素面朝天

想让它随我的姓氏

想跟她结拜成姊妹

想让天气预报里的白雪提前降临

轻轻覆盖它的前额和头顶

我抱着一棵大白菜

匆匆走过一个又一个高档饭店门口

经过高级轿车，经过穿裘皮大衣和高筒靴的女郎

我和我的白菜似在上演一出歌剧

天气越来越冷，心却冒着热气

我抱着一棵大白菜

顶风前行，传递着体温和想法

很像英勇的女游击队员

为破碎的山河

护送着鸡毛信

2009.1

兵工库的春天

春天来了，这里多么寂静
每一座库房都陷入白日梦
冲锋枪拔掉弹匣，手榴弹丢失拉线
轰炸机的仪表失灵，刺刀的刀身躲进刀鞘
水雷拆除了引信，手枪卡住了转轮
防弹衣与弹药箱惺惺相惜
而高射炮爱上了空中自己瞄准的一只鸽子
索性卸下了弹簧和马达
至于坦克，一大簇雨后苔藓润滑了它的履带
竟导致松松垮垮地脱落下来
还有，每一粒子弹的铅芯钢壳都闪闪发亮
打算从此不再让自己飞了
而想倚仗着与笔相似的外形，去画画或者写诗
是的，春天来了，这里多么寂静
金属器械的雄心壮志全都生了锈，全都臆想着
在这世上它们原本可能拥有的其他形状
比如：婴儿车、蝴蝶发卡、滚动铁环、运动服拉链
坩埚、指甲刀、铅笔盒、项圈、纽扣、别针、眼镜架
就是做做圆珠笔末端那转动的钢珠也是不错的
春天来了，多么寂静的春天
金属们全都屏住呼吸

等着院墙外那棵楝树开出淡紫的花来
哦，春风轻轻吹拂，越过了大门
温柔得仿佛在劝降

2011. 6

驱车看杏花

驱车去看杏花
那杏花分不清关内关外，它们攻破长城要塞
把中原和羌胡夷狄统一在这个春天

华北的天空在被杏花照亮之前，一直阴郁着
枝干是亚伦的杖，从睡眠中醒来
繁花轻摇在山崖黝黑的脸颊
朵朵纹饰印在空气中

青涩和微苦共同表达着甘甜，杏仁露是罐装的乡愁
花雾浮半空，在山坡和谷地拼了命开放
毗邻的密云县也嗅到了悲伤

除皇家行宫，或许还有晋太原中武陵人
时间恍惚，杏花自己不知开在哪朝哪代
坐在农家酒馆，望向起风的窗外
花瓣飘散，落进雪佛兰的辙印

河北滦平县衙的公章上
应刻有一枝斜倚的杏花图案，花瓣洁白清寒
底色青灰，用一块明长城方砖作背景

我的人生就是一次出游
是驱车迢迢千里去看野杏花
偶尔立在某条山路上，迎风哭泣

2014. 5

厨　娘

因为热爱生活，她在头顶栽种了
一棵胡萝卜

集市、厨房、餐厅
它们共用她的那颗心
碗碟在三餐来临之际总是显得更孤独

土豆、菠菜、莴苣、南瓜和小葱在一起
讴歌节气和农业
她把带泥的根茎一一抚摸
打败了内心的国际化、华尔街和达达主义

一条患抑郁症的鱼，在案板上朝她瞪眼
她佯装没看见
橄榄油、盐和姜末会慰藉它的伤口
接下来由炉火去爱，直到爱出太平洋的回声和气息
与一个大陆势均力敌，让她忘掉从前

米在锅里隆起雪意，向青瓷碗求爱
每一粒都打开心扉流散出故园的惆怅
风进进出出

她在沙发上仰靠舒展成十字架，感谢神赐予食物
一个人即全家，邀窗外的山来做客，宣布：开饭——
遂感到自己在粗布围裙底下的女王身份，晚香玉正在开

2013.4

上官婉儿之墓

地下深埋千年的墓室
使垂直上方地面的果园花开明媚，结果繁硕

地球又疯转了千余年
你一直忍受着时间和空间的逼仄

霓裳羽衣拂过江山的面颊，锦靴踏至社稷的头顶
却不得不跟祖父和父亲在同一命里追尾

额角的刀剑疤痕妆饰成梅花，也终未躲过诛杀
写史书的人来不及灭口，就美化血腥

你的骨骸在 21 世纪的这个早晨
在秋风中，散发出唐朝的体温

附近机场一架波音 737 正在起飞
比任何驿马和御辇都要迅疾

电视剧里下着雨，你恋爱、作诗、批奏章、拟诏书
而考古学家正在荒野里与你面对面

你看，这同一颗太阳，已远没有你那时明亮
月亮即使在中秋，也赶不上你那时圆和胖

国家一次又一次更名，早已不叫唐朝
自从以瘦为美，喜欢减肥，再无女人做到皇帝或宰相

2013. 10

心脏起搏器

两根导线，带着古老敌意，兵分两路
沿血管的悬崖
潜进心房和心室
最后抵达的是身体教堂的尖顶

在左肩胛，用切芒果的方法切开皮肉
埋进一个魔咒
让它以颁布法令的口气
一刻不停地对不远处的心脏说：跳吧，跳吧，跳吧

缠了绷带的日子又安装机器
人不再仅仅是生物的人
我的母亲，需要每年被检修一次
我的母亲，需要每十年更换一次电池

机器穿插在骨骼之间
机器进入血肉
机器进入意识
机器进入个人史
机器进入母爱

一个理想国就这样建立

真理以铀的形式

存放于一个小方盒

通过驱动心脏来驱动了一个家族

起搏器终会

驱动一个时代

以及地球的公转和自转

活着原本一场虚拟，如今更加盛大

2015. 1

手术室走廊

墙上的钟表
把三个指针抱在怀里
秒针像直插的匕首，嚯嚯的走动声
包含毁灭

刀片、剪子、钳子、镊子、钩子
正在对付原罪
血在升华，针在血上刺绣花朵
纱布的告解和棉球的忏悔
是洁白的

亚当和夏娃
在伊甸园里游手好闲
后代们因他们的错误
而历尽苦辛

一只垮掉的器官，一只沦陷的器官，一只崩溃的器官
一只存在于无根据的希望和绝望中的器官
想通过一台美国在瑞典生产的仪器
寻求正义

命运用口哨吹着交响乐
命运在空气上行走
并留出一个
开着的后门

长时间疼痛之后的少数不疼痛时辰
就是快乐
导弹在命里狂轰滥炸的间歇，就是平安
一次又一次未遂的恐吓，都是祝福

我并未望向窗外
但感到附近教堂在安慰我
它尖顶上的风
意味深长

2015. 1

ICU 病房

监护仪、呼吸机、麻醉机
心电图机、除颤仪、起搏器
输液泵、微量注射器、气管插管

所有仪器的良知都全方位打开
劝阻一场巨大的返回
它们辩论，它们游说，它们争夺统治
被电流赋予自由意志

死亡有一个引擎
正在人体版图上创造自己的未来
悲哀在空气中开垦着一块田地
把所有的氧都用尽后还使自己有盈余

受苦是现在进行时态，受苦是真理
受苦有一个豪奢的目标，有一个枯瘦的时间表
它以自我为中心
一条道走到黑，不拐弯不回头
天空降低一寸，地平线后退半米

除去各科 ICU，建议设立爱情专科 ICU

作为致命疾病的一个变种
来自内部的暴政
终使爱在恨上签了名

夜幕降临 ICU
地狱屋顶上开着花
天堂的探照灯斜斜地映过来
窗外，大街上的人们不知置身何处
仍在讨论着未来

2015. 2

母亲的心脏

她的胸部上方偏左，即当年佩戴领袖像章的那个位置
——那个最革命的位置
开始塌陷了

她的曾经被我吮吸过的左乳房的背面那片区域
——那片最慈爱的区域
开始疼痛

她无数次因我的胡闹而生气并且用力的那片面积
——那片最喜欢说教的面积
开始衰败

她的被我的远行而牢牢揪住的那个地方
——那个仿佛被别针穿插的地方
开始退化了

她那已跳动六十多年，其中已为我跳动了四十年的器官
——那个伟大的器官
此刻正因缺氧而悲伤

2011. 5

在河边

母亲坐在河边，河道蜿蜒
蜿蜒河道用流水和蓝白草来抒情
从南山水库一直抒到黄河，抒到渤海和太平洋

母亲坐在河道最大的一个拐弯上
她长长的叹息也在此拐了弯
泡桐顶上晴空万里，风从东南朝着西北吹拂

我拎着两罐中草药，朝河边走
贫穷和理想在身上叮当作响
时代日渐肥胖，我拖欠了它一笔十年旧账

河水的细流有着悠远的口音
母亲高兴在这样的好天气里，忽然看见自己的闺女
她把一个药方子当信仰，从惊蛰喝到端午

那药方里有半夏、桃仁和麦冬
还有孤独、宿命和苍茫
人生在中途，露出它的凉意和黯淡

我陪母亲在水边坐下

用我的手揉着她的晚年
向下望那河道，台阶滑腻，拐弯拐得有些艰险

2011. 6

第三辑

内布拉斯加城

A

这城如此寂静，正好适合我的孤单

仿佛不在地球上，仿佛人类尚未诞生

仿佛还不曾有过时间

寂静为身体镶上一道银边，为心上足发条

我听得见血在脉管里流淌

看得见影子在地上轻轻摇晃

天空低矮，太阳猛烈，云朵舒卷

当它们自己也无法忍受自己时

黄昏将辽阔得一下子伸延至天边

B

路面是红砖的，楼也是，它们怎么跟我一样

都喜欢穿红方格子纯棉？

教堂尖顶笔直，想把天捅破，想弄清自己

究竟指向生前还是死后

蒲公英也有信仰，个个茸球都有一颗扶摇直上的心

在风的恳求下，一朵紫菀开放了

刚好就在我的脚边
走出不到百米，一棵上年纪的山毛榉又拦住了去路
问我可否愿意在那银灰色光滑树皮上
刻下我的姓名

C

中央街道拱起，弧度约等于我对人生的思考
车子从弧的那边露出半个脸
珠宝店橱窗在烈日下反射自身光芒，几乎失明
相比之下，图书馆还算清凉
在一本本书籍的呼吸里歇着
渐渐爱上自己的博学
使得对面的电影院，无法不感到自惭
而旁边小餐馆的心思像汉堡一样简单
把奶酪、牛肉、火鸡腿和沙拉全都露在外面
使人想到这个国家的确够壮，也够胖

D

这城总喜欢把绿树画上额头
以示国家植树节在此发源
我每周必去的银行就在正面画了一棵
淡蓝色支票照亮贫穷的脸
拿出护照，遂想起家在地球那一边
日历多撕一页，时钟多走一圈

兄弟姊妹都在梦中，母亲正拉开蒙蒙亮的窗帘
而父亲睡在一个盒子里，睡回到地壳，睡回到了史前

E

路口只有我一人在等交通信号
鞋底上沾着三万里之外的土
多么遥远，除了太阳月亮，谁都找不到我
拐往旧货铺，花一美元大钞
买到一只木制奶牛，它木墩墩的憨厚对我是一种安慰
是的我需要安慰，我还需要对它倾诉衷肠
而一只布娃娃的衣裳旧了，等着我去抚慰
她那颗亚麻布的心
最后看中的是一只树脂猫头鹰
它是哲学家，该挂在床头
用以指点人生迷津

F

书店叫书籍门诊，名字怪，空间小，却胸怀全球
我总是在午后到来
把买面包的钱挪用为书款
坐下来，用一杯清咖啡加深着阅读
老板娘对诗歌的热爱使我宾至如归
感到在世界任何角落，仅凭分了行的文字
就能找到亲人

可她哪里知道，一个诗人

每写完一首诗就离死亡更近了一步

G

小小的城有一个大大的郊外

白色水塔在举重，用四肢举起上百吨

塔下面，草地连绵，一排山茱萸在湖边照镜子

枝叶花果都长成字母的模样

而我把它们全读成部首和偏旁

穿过红栌的迷茫，会发现一处老磨坊

一具戴花环的十字架竖在它身旁

正仰望着苍天祈祷

用来喂马的干草卷轴，它们在远处的田间

忽然产生了滚动的念头

更远处，一排大雁为绕过一片黑亮的云彩

决定改变飞行的方向

H

一只离群的松鼠在突来的雨里

爬上电线杆，接着把电线当钢丝走出好远

我孤单，但不比它更孤单

路旁沟里一株丰收的野苹果树

不堪重负，把晃悠悠的果子一只只掉到地上

无人摘无人捡无人瞧见，我怎会比它更孤单？

教堂钟声的回音摇落了鹅掌楸的花瓣

它一定比我更孤单

子夜屋顶上的闪电，落在大平原上的雨滴

总是被黎明驱赶着的河口的雾气

远走四方的火车侧身经过，对这不能停靠的小城表示同情

把汽笛长鸣当呐喊，留在半空中

这些，岂不比我更孤单？

I

在一棵巨大白松的庇护下

我的居所有着钢琴的形状

松果在草地上排列着跳跃的音符

爱伦·坡的黑猫从小说里跑了出来，漫步庭院

它的绿宝石眼睛里一定藏着案情

一群纸制卡通狗在走廊里头顶香肠，吐着舌头

在半明半暗中做着恶作剧

墙上告示："龙卷风已把邻州掀翻，屋顶上报警器高度神经质

随时会发出警报，请大家夺路而逃，往地下室"

而一只棕色蜘蛛全然不管这些，还在窗纱上漫步

它的目的地是我的书桌，是稿纸上的半首诗

是诗里写坏了的那一句

隔壁女画家勇敢地把一块块画布统统涂成全黑，取名《时间
　　与生命》

时间就是什么都没有，生命只是漆黑一片

J

我拿两根烤肉的细竹签当了筷子
是的，从筷子到刀叉，从茶到咖啡
需要十五个小时的航程
冰箱里，奶酪和豆腐对峙，披萨和面条冷战
在两种文化的交锋和谈判中
我独独爱着青玉米！
以一个出售酒类的小店为中心
而形成的快乐与激情的圆周，一直扩至我的公寓
扩至我端着哥伦比亚干红独酌的夜半深更
黑头发披散开，我想就在今晚就在这门厅里
争取解放，宣布独立

K

我已打定主意：让血液流成一条宽阔平稳的密苏里河
对生活不反抗也不屈从
蜷伏在地上睡觉，喜欢这朴实的灰白色地毯
没有人与我相爱，也可以度过良宵
这里是北美大陆中央，这里离海很远
可是为什么总感到海潮正在上涨
要漫过窗外洁净的街道？
为什么总是在一觉醒来时，恍恍惚惚
以为这是在山东半岛？

L

大平原和河流的内布拉斯加
玉米田已变成锦缎，毛豆地已变成金库
树林将醉成绯红的内布拉斯加
越过太平洋并驱车六个州的内布拉斯加
请这里所有粗大的枫树都答应：
我走的那天，要低垂下枝条，代我向大地请安
我只剩下了半生，请替我做个决定吧：
是该用来流浪
还是该用来结婚？

M

是否我只活在今天，今天是老天的礼品
可是今天又是哪一天
时间本来没有开始，没有结尾，也没有方向
只是人类的假设
它其实更像一条可以任意来去的隧道
那国已 3000 年，这国才 300 年
这国在时间之轴上刚刚走到那国的公元前
于是我说，从那个国来到这个国
就等于从 21 世纪初返回到了殷商时代
只是，它的标志不是青铜器
而是航天飞机和微软

N

这城的寂静适合我的孤单
它们一起散发出清香
"我在这世上太孤单了，但孤单得还不够"
再往前，将从孤单走向孤绝
生命会圆满，会充满喜庆地张灯结彩
而此刻，像居住在地球上最后一幢房子里
夜色从露台上把我的身影抹去
蟋蟀的弹奏使得墙角加大了凹陷
我知道，这一个又一个寂静的日子
将发芽，将吐穗开花，将结果，将会有一个总和
但须在另一国度
——永远是，当然是，而只能是

2008.10

心脏内科

1

遇小北风和阴天，母亲就胸闷
在黄昏可监测到明天有雨
她的心脏已具备天气预报功能
是一个小小气象台
某天夜里，忽感到心脏要直立行走，跑出体外
她在速效救心丸的缓坡上，被送往医院心脏内科

心脏内科是医院最严肃的一个科
管理最核心器官
一个介于肉体和灵魂之间的器官
心脏内科还翻译这个器官发出的所有信号
将快乐翻译成快乐，将沮丧翻译成沮丧
将活着和激情翻译成各类曲线，将死翻译成直线一条

2

大街上，每人揣着一个小水泵
因生存、功名或情感而磨损了的小水泵

拖着身躯这个大货车斗子，匆匆前行
熬夜的、贪食的、嗜烟酒的、纵欲的、过劳的
伤悲的、自恋的、情动于衷而形于外的
善妒的、暴怒的、心高气傲的、肠子九九八十一道弯的
想挣状元拔头筹的
最终都将到达
心脏内科
——这个修配厂

3

在这里，疏通管道、封堵房室
安装促使水泵运转的起搏器
（据说它以放射性元素"钚"作动力，
所以约等于建起一座微型核电站）
还可支架，亦可搭桥
全是为排灌畅通而兴修水利
或许还要修高铁、建飞机场
并发射导弹
医生们个个都是工程兵

4

心脏何意？
中心，首都，国会大厦，紫禁城之太和殿
茫茫银河系里的太阳

与"心"字相关用语：

一见倾心、促膝谈心、心花怒放、剑胆琴心、心有灵犀、刻
　骨铭心
呕心沥血、心如死灰、哀莫大于心死、一片冰心在玉壶
我的心啊在高原这儿没有我的心——
人心不古、人心叵测、心术不正、利欲熏心、忧心忡忡
钩心斗角、人面兽心、狼子野心、饱食终日无所用心
我本将心向明月无奈明月照沟渠——
里面都包含着这个最柔软也最冷硬的字

至于"爱"的繁体写成：愛
用笔画的披纷枝叶，将一颗心层层包裹团团保卫
安放于最中间
用覆了茅草的秃宝盖为一颗心遮风挡雨
安放于屋顶下面
古往今来，多少人怀揣一颗心如同怀揣一枚手榴弹
为这个字铤而走险！

5

护士站的鱼缸里那只鳏居的金鱼
如此富态，没准儿已经冠状动脉粥样硬化
需要安放两个支架？

病房窗外的云雀，本想从天空攀登到天空
它的使命是天堂的高度

不料忽然大幅度跌落，俯仰在落日的树梢
也许该挂个急诊，送去做搭桥？

6

我敢说，在这个世界上只有哲学家的心脏
各项指标均属正常
诗人则是先天性心脏病患者
或瓣膜关闭不全，或心律失常，或心动过速且有奔马律
至于心脏过于正常的诗歌作者
全都对不起诗歌

诗人的心脏
是柔软的、踉跄的、铅笔手写体的心脏
能模拟全人类的心绞疼和心梗
有琥珀色泽和云母状花纹

至于一颗正在恋爱的心脏
扰乱心电图并使医学困惑
在加速度之外跳动，在流体力学之外流淌
它会裂缝，会碎，接近一盏水晶器皿
有时它会引爆，更接近一颗水雷

请设想
把一个牧师的心脏移植到一个商人的身体里去
把一个母亲的心脏移植到一个军人的身体里

把一个小女孩的心脏移植到一个政治家的身体里
白雪公主的心脏移植到巫婆体内，肖邦的心脏移植到希特勒
　　体内
那么，世界会不会变得更加
生动和美好？

7

手术室位于走廊尽头，也是预言的尽头
被推进去的人说"再见！"
等候的人说"祝平安，我们等你出来！"
再见，再见，这扇门通向重逢，也通向永别
小时、分和秒充满暴力，踩着尖刀在走
地球放缓转动速度
上面被描绘过的山河摆设献祭的仪式

在这个占卜凶吉的门口
两个农家女子绝望地伏倒在地
把这幢十一层大楼哭得摇摇晃晃
我恰好怀抱一本黑色封面的《圣经》走过
上帝要从那册页里跑出来
扶起她们

这幢水泥楼就像那座没有来得及建成的巴别塔
混乱的语言造成隔膜
墙壁中藏匿了一些死者的灵魂

反使这混凝土建筑更加牢固
死不瞑目者偶尔会溜出，在无人的楼梯上徘徊
寻找某只丢失的鞋子
并想撬开档案柜，翻看自己的病历
寻求复活之路

8

护士帽努力维持青春的形状，小推车吱吱扭扭
驶过走廊
按床位编号分发塑料小圆盖
里面盛着六七粒大小不一的白色药片
每一粒药片都会说"阿门"

一次性输液器把正义通过细长软管接进静脉
那忧郁的蓝色，体内的多瑙河
最终蜿蜒注入心扉
躺在下方的那个苍老之人离童年多么遥远
如果她在这世上有什么缺憾，我肯定就是那缺憾
一只签字的手背向她
微微发着抖，哦，怎样才能骗过死神

重症监护室两个手术后的男人
名字差点儿因心梗而套黑
此时正无比艳羡地谈及某单位许诺的待遇之一：
"死后上报纸"

他们的谈话令我那强劲的心脏

忽然放开闸门，呵呵而笑

甚至使我的心脏光着脚丫在地板上欢呼雀跃

9

不愿在体内搞工民建的，转而求助中医

面貌清癯者穿对襟布衣端坐

抚摸细细臂腕，遥想大禹治水传说

以模糊的文学语言来描述病情：

"多思则神殆，多念则志散，水谷精华之气不能转达，

寒邪侵袭，阻滞经脉，伤阳耗气，心神失常

脉微欲绝，神志模糊，面色晦暗，口唇淡白而不泽……"

这多么像在描述黛玉在贾府的处境！

至于开处方，则相当于使用一系列名词，辅以数量词

来写一首意象派的诗

"半夏10g，桃仁12g，桔梗15g，瓜蒌20g，甘草10g，

赤芍15g，麦冬10g，玉竹6g，栀子6g，菖蒲6g

旱莲草20g，灯心草6g，杭菊花9g，

紫玫瑰花——含苞未放者10朵"

啊呀，这岂不类似于

"枯藤老树昏鸦，小桥流水人家，古道西风瘦马"？

这岂不是在描写一个繁茂的春天

从三味书屋回到了百草园？

所以，我认为中医，理应划归文科

甚至中文系

一位年轻女中医望闻问切时
穿袒胸露背欧式礼服，戴听诊器，满口西医术语
仿佛间谍正在里通外国
提及根克通，即盐酸曲美他嗪，却浑然不知
后来又说成是维生素
我在心里反驳："如果根克通是维生素
那么莎士比亚就是一个木匠！"

10

这个器官位于胸部上方，偏左
就像世上的革命大都稍稍有那么一点儿
偏左
就像热烈、诗意、先锋和人文大都集中在
左岸

这个器官在身体的位置
还有点儿类似于
以色列
在世界版图的位置

真正的暴动和起义
来自这里
最终以三段论的形式
宣读遗嘱或判决，以及标准答案

对生的最好论述是死，对跳动的最确切证明是停止跳动

血液巡回旅行，不超出皮肤边界
血液掀起浪花，拍打脉管壁，以千百万年之韧性
当血液由心房流入心室
每次收缩和舒张，都是相爱之道
那些蛋白质和铁
扬帆远航

11

楼道大门上，"心脏内科"字样以深红色写就
那不是油漆而是血，在闪亮
查房时间，作为病人家属，我被轰赶出来
坐在自带的小折叠凳上
那么低，那么矮，那么容易塌陷
用听天由命的姿势概括人生
在墙角凹陷的阴翳里
被自己的影子捆绑
以前半生的空旷，反刍如今戴镣铐的日子

一天比一天更老，一秒钟比一秒钟更老
脉管渐渐被烦劳堵塞，脏器齿轮老化
当泥沙俱下，冰火相交
至无可挽回
当心不再是近郊，而变成最远郡县

是的，那就干脆——
爆裂，拉倒

此刻，我尚在中途
外表疲倦不堪，像清朝末年
而身上的血，还在前不见古人后不见来者地流
天地悠悠地流，独怆然而泣下地流
抽刀断水水更流地流着，举杯消愁愁更愁地流着
孤帆远影碧空尽唯见长江天际流地流着
像盛唐那样流

12

夜晚，心脏内科病房的人都睡着了
身体的堤坝在合拢，血脉从前世流到今生
那有炎症的屋顶接通了
苍穹和时间

天空的循环系统由星团和星云组成
太阳系的 CT 是孤独的，银河系的 CT 多么浩渺
以当代为导管，插进光阴的主动脉
让 X 射线壮阔地穿透——
为古代和未来做个造影

请问上帝，人世茫茫，生死茫茫，天地茫茫，古今茫茫
宇宙之心

在哪个具体位置？

13

当太阳又在东方地平线上跳动
这幢高大的水泥楼一层一层地醒来
窗外杨树枝在空气中写着："早安"
热水房在走廊中段，弥漫出形而上的思考的水雾
通过墙壁装置输来的氧气吐着气泡，咕噜咕噜地自我辩论
床头柜上，焖冬瓜是厚道的菜，配以小米粥煮沸的深情
毛巾和碗筷们将理论运用于实践
新的一天开始了，请原谅，我对生命的喜欢比昨天少了一些
但依然有着亚洲式的耐心

14

出院那天，春雪融化
浅风摇荡在初萌的柳梢头
扶着母亲，站在医院一幢古旧的西式灰砖小楼前
把方格子围巾系好
等着车子到来
病历之厚，约等于一部长篇纪实文学
收拾好的物品，堆放脚边，它们跟人一起煎熬
熬成了家当

我说"慢走，慢慢地走——"

人跟蜗牛并无两样，生活即忍耐，在大地上几度风雨几度
　春秋
是的，不可活得过快过猛，多大马力的心脏
都有自己的方言与口音
都会警钟长鸣

我说"慢走，慢慢地走——"
偶尔打盹、发愣或坐等
所有年月日根本就是同一天，一天也代表所有日期
一个人的一生其实相当于人类的历程
从蓝田到河姆渡，既然有那样一个漫长的早晨
那么也应该有同样漫长的
晌午和黄昏

2011. 5

城南哀歌

1

我万里无云
我独来独往
我对一座山心悦诚服

山之褶皱和岩层是地质说明书
血肉之躯在它面前至暂至轻
有毁灭感的晌午让人看见了余生
风压抑着想法，吹过深深的柏树林

整座城空洞，徒有虚名
众多捕猎者不知所获为何
这是多山的城南
诗歌在汉语城头上破晓，睡眠和梦话免费
读书读到抽筋，写字写到麻木
一边背负自己一边自我辩论，直到举目无亲

二分之一个我已经瓦解
此一半对彼一半无牵无挂

接下来以单音节形式存活，附加微粒与碎片
思想整天在南山上奔窜，偶尔靠近悬崖
在城之外遇见城，在山之外遇见山

2

山坡上，坐着半生
背风处的缓坡是谦逊的
遥望山峰庞大的额头，遥望上方的青天
以及时间之悠悠
像麻雀一样，爱着冬天的灰绿和枯黄
除了阳光，还有谁能促膝倾谈

一朵亚克力桔梗花在刘海上斜斜地开放
眼镜在鼻梁上确立了王位
黑色呢外套裹着有边有沿的虚无
我不在此时此地，从未在此时此地
我跟过去的我和未来的我在一起
手上有带壳银杏果，微毒，日啖不应超六颗
却一口气吃掉六十六颗

不远处几个空坟窠洞开
似乎想说话，却已失语
郊外的太阳把泥土记在心上
从死者胸膛上生长出谜语般的杂草
一百年算什么，转瞬即逝

人已迁走还是复活？

3

东离西有多远，我离得就有多远
长相三心二意，装扮不愿花香鸟语
站在世界的边上，临着人间的深渊
一阵又一阵晕眩

天离地有多远，我离得就有多远
从日出之地到日落之处那么远
春天，沙尘暴吹来一个黄土高原
冬天，雾霾把仪表撑破

我离得越来越远
一个空了的躯壳，又以陷阱填充，空而又空
在大地上走神，地球踩着我的心向前滚动
一场白日梦足以让它停下来
肉身捆绑我，限制我，定义我
我的困境是宇宙的困境

4

这辈子去的最偏僻地方，就是你
见过的人民大众，就是你
唯一的证词，就是你

世界最大奇迹，是我遇见了你

有人忙于赶考，一生都在进京赶考
我的梦中人却是陶渊明
一只慢腾腾的甲虫注视前方
眼神绝望

5

半山腰，一座颓圮古寺名字正宗
其实只剩地基、底座和台阶
雕着莲花的巨石就这样看见了身后事
看见了自己的空
各朝各代吸进呼出的气息和打出的饱嗝
令碑文日渐模糊
一枝梅花从崖上斜插过来
究竟想说什么呢
我一次次到来，与山交换呼吸
与有名无实的寺交换虚无与苍茫
还要温习石头缝中的历史
（水泥是没有历史的）
时间是无尽的线团卷轴，贮存在钟表里
一点一点地向外抽，抽啊抽
掩埋一个个盛世，也将掩埋我
而山峦奔放依旧

6

众叛亲离之后，开始明辨是非
积木搭就的城南
松柏掌握话语权的城南
在家门口小河沟里翻船的城南
在地图上圈出来并争取自治的城南

临近黄昏的看望，很像扶贫
外面那么吵，屋里的小花静静开放
凉台上一盆芦荟，捧着卑微的青春
桌上冰糖橘是一个象征
心思简单得令人起疑

家里椅子共有三把
坐一把是独处，坐两把算交友，坐三把，就是社交了
有的人来了，却不知道
该坐在哪一把椅子上

不知怎样称呼才算合适
仅一个名词或代词，就能隔开彼此
甚至只嘟囔一个音节，世界就会倾斜和失衡
身体在门廊打转，开放时代的自闭主义者
在幻觉里等待事情发生

7

一捆又一捆汉字，堆成麦秸垛
高过肩膀和头颅
里面可有温热的鸡蛋或蓝宝石
藏匿着？

敲击键盘是发出的唯一声音
音调在静夜里高亢而悲壮
不远处的高速路上，欲望和速度成正比
与书中稼穑多么不同
独自一人的海军陆战队
侦察并突袭词语的碉堡，把句子的工事夷平
空白之页正生出眩晕的翅膀
光荣和梦想被埋进凉台的花盆
在泥土的幽暗协会中
被命令发芽

8

我被扔进了一个螺旋桨
作为女人的那一部分，与作为人的那一部分
分离开来
心里渐渐明白了
肉体和月球之间的隐秘关联

我比窗外那棵硕大无花果树更离谱
无花且无果
为伟大的零而奋斗
被太阳洗劫一空之后
只剩下了作为木料的身份

喉咙和食道统统关闭，不说话不吃饭
呼吸是被迫的，气体变固体
脉搏来自馈赠，并非自主
一整夜，雨夹雪落在窗台上，落在心上
我想让出我生存的位置

天成了铜，地成了铁
哪里是避难所？
把审判当恩典，把荆棘当冠冕
我在这世上的监护人
不会是任何人

9

人生单调至极
既没去过南极，也没被关过禁闭
最大经历是在家门口的南墙上
碰一鼻子灰

对于你，我是外地人
对于他们，我是外省人
对于所有人，我是外族外邦人
在中国，我说汉语却很少有人听得懂

从此，要像两只耳朵那样永不见面
谢绝来电，谢绝来函，谢绝参观，谢绝拍照
谢绝大街和市面
就这样各自走散
剩一场大雪来表达茫茫情怀

10

我对不起身体内的那个李白
里面甚至还有一座他的衣冠冢，等着春风来
我不应让只剩背影的青春坐冷板凳
活得保守，以古汉语写十四行；活得反动，远离十诫第七条
我不该如此暴烈生猛地
对付手无寸铁的日常生活

要恢复健康，先大病一场
要灵魂得救，先厌弃今世今生
要蒸蒸日上，先得破产
要聚首，先要生离别
要刻骨铭心，先挥一挥衣袖而去
要获得本质，当先给虚幻让路

要复活，必须先死去，涂上香膏裹上布，葬入坟墓
等待一个声音喊着我的名字，说："出来——"

迎风坐在半山腰，山下是街市
我已把这城南好好地爱过一遍，从年少爱到中年
从郊区的城南爱到市区的城南
从纸质的城南爱到数码的城南
从红砖到马赛克，从木头到铝合金再到塑钢
都是我爱着的城南
日落而作，日出而息
作为全城海拔最高点，不为俯瞰，只为触摸天空

活在城南，与本市其他区域无关
才华的行政区划在城南，幻想以城南为基座
命运在城南是磅礴的
大学、机关、银行和菜市纵横，若以诗的准则来管理户籍
仅有个别人在此栖居
为何聚于此？等石头开花还是等柏油路发芽

离开这里去远行是为了再次回到这里
去过美利坚了，足以支撑我把城南的日子
过成三万里之外的模样
当血管中奔突着太多疑虑
使呼吸不再悠远
方圆六公里，城南变旧事
请不要告诉我：城南是一场大梦

11

梵·高做过牧师，后来疯了
尼采自幼熟读《圣经》，外号小牧师，后来也疯了
——反基督，用的是基督徒的狂热
当他说"上帝死了"
这话之后半句常被忽略：就死在你们的手中

鱼在水中，知道水的温度和气味
如在水之外，就无资格评判水
耶稣与外星人有关么，他是不是最早的宇航员
他再来时会不会乘着 UFO？
在大地上生息，云端一定有怜悯的目光
望着我们

没有敌人，只有昏暗的斜坡
不跟人群互动，不去破坏市容
甚至准备放弃与你交流
尽力躲藏，瑟缩着变小
在毛绒外套里与自己和睦相处
一边喝咖啡一边望向窗外
枯叶卷入泥水，冰碴留在车辙里
早晨跟黄昏下棋，构成昼与夜

12

在同一座城里划分南方和北国
最长的经十路当做赤道
城南继续往南十公里,是出生地
三山田峪交汇,众泉紧依磐石,像果汁机一样
从谷地里榨压出清流来
历城一中的钟声唤醒了围墙外的麦苗
父亲母亲相遇,我无形地存在于他们之间

一座绿顶红砖楼被高大白杨庇护,一定还记得我
因小产而体重四斤,哭声却震落树杈间的雪,惊飞喜鹊
正遭受歧视的父母为社会、为亚洲
错生了一个不合时宜的孩子
超大肺活量在窄小空间引爆
头脑里有众多无政府主义蜜蜂嗡嗡作响

父亲像诗人一样,没能活到自然死亡
在街道的纵横脉络上占卜命运
骑自行车去撞汽车
去世将近九年,我一直假装他还活着
把自己当成有父亲的人,而不是半个孤儿
固执地相信,终有一天我还会在尘世的某个拐角处
突然遇见他

13

童年土生土长，少年开喇叭花，青春上房揭瓦
中年与人群对峙
想把椭圆地球纠正成标准圆形
将北回归线往北挪移上百里
而老年会散发黎巴嫩的香气
心偏远至地极

生是休假，死是加班
死后，请将骨灰塞进枪膛
瞄准，扣动扳机
做这一系列动作时，要保持心平气和
要微笑着

而现在，独自往下活，暗暗地活
像一头耕牛一样默默无语
活得低碳环保，五脏六腑在平衡之中保持尊严

独自活下去
爱地球，亦爱火星和冥王星
安静等候命运的专案组和岁月的拆迁办

独自闯过每一天
坛内的面必不减少，瓶里的油必不缺短

一场必须破纪录的跨栏运动，要急速奔跑
翻越一颗被撕扯的心脏
一万条道路中只认一条，走投无路至悬崖
既不能折返也无法跳下

与人共处时的孤独，形单影只时的深渊
不知如何胜任自己
必须选择一个，按下确定键
一个人，不是疑似两人，更不必佯装群众
在任何角落，按天文学时间概念
丈量这短得可忽略不计并离题万里的一生
恐慌和卑微在星空里
得到和解

14

白日放歌纵酒，夜间秉烛漫游
总有人在书里等我，册页的千山万水
有沟壑、松林、草甸、石径、崖壁、庙宇、泉水
我想知道，哪一本最简洁有力
可以成为随身携带的祖国
翻过一切，到了另一边
就望见了大海

独行独坐独唱独酬还独卧
四十年的苍茫

两室一厅的孤独，五十三平方米的富足
昏暗小屋像主人一样粗服乱头，却标五星级，赛别墅
桌上的半块馒头不会背诵"锄禾日当午"
咸鸭蛋不会背诵"春江水暖"
只吃蛋黄不吃蛋清，只吃白菜叶不吃白菜帮
我是败家子，败完了打算从头再来

而此刻，有人正按照严格的作息时间表
起承转合
真理被装订得整整齐齐
正反两面，印刷体，文白夹杂
那是向我一个人发布的红头文件
多么迥异，我的魂不在体内，而在背包里
失队离群，终跟流浪猫交上朋友
喜和忧，动辄漫山遍野
从这里到那里，中间隔了一条河
水的潋滟里带着懒
堤岸上，挂了霜雪的菠菜还绿着
光秃的白杨在风中快意恩仇

15

想沿着家门口窄小的柏油路
一直走到天上

想把一架山当梯子

登攀到空中，一直到达宝座前面

想加大油门
闯过有红绿灯的十字路口
从今生直冲到来世去

人直立行走，比四蹄动物更容易抬起头来望天
而河马过于例外，为仰望星空，干脆把双眼
长在了头顶上

请给一架倍数足够的望远镜
得以望见上帝
我有许多困惑，向他一一提问

16

我对着墙壁发言
在死胡同游行，勇往直前
我名词动用
直截了当，一头撞在横断山脉
我的诗和罪形成同心圆
把性别放在括号中
我走过尘土飞扬的人间
留不下光荣事迹，身后无名
我血压低，头晕，太阳穴鼓青筋，在沉默中哗哗流泪
像园子里的草木一样卑微，相信早晨和露水

喧嚣簇拥着股市，一步步走向全线飘红
川流不息地吃饭，风起云涌地开会
赋比兴冒着热气
形容词的荤腥和名词的油腻
合成罐装的液体
化工制作的雌性跳上房梁，成为美女
媚惑滋生着病毒，令癌症鲜艳

确定云朵也有阶级性
致使水系在入海前须互不干扰
而井水与河水相犯，犯下半生错误
后半生开始了，请筑坝建堤，兴起分水岭

表情变得多云
通向未来的指示路标有两个
一个叫阳关道
一个叫独木桥

从温柔的淤泥里救拔
体内的西北风从最偏僻角落吹起
血管中的字母散了队形
自由在脚下打开

爱是永不止息
要原谅七十个七次

得把这样的话背诵多少遍才能将心中狂澜平息
我不懂：城南有我，还不够吗？

17

我把谁当作良人，等在香草山
不惊动，不叫醒，等到对方情愿
直到天起凉风，日影飞去
我允谁以爱为旗在我以上
让北风兴起让南风吹来
吹在园中，使其中的香气发出来
我把谁放在心上如印记，戴在臂上如戳记
家中所有财宝都无法交换
众火不能烧毁，大水不能淹没

雅歌至此成绝响，最后一个音符坠毁，没有余音
接下来就是杳无音讯
你的雷达找不到我这个失联的航班
心上的尖刀要拔下来，留有窟窿也要拔下
痛苦必须耗尽，必须坠落，必须抵达终点
必须有期，不与未来相连
必须戛然而止于苍茫之中
如果还有心问起下落
只需遥指一下这城南的群山，山谷中的风

从此只爱——孤寂

只跟它惺惺相惜

它是我的江山，是我与命运抗衡的核武器

它后退，对延伸的路面和车轮怀有歉意

它让我在软弱中得到覆庇和能力

它广袤，大而鲜嫩，轻盈而单纯

它太平，离开生活的施工现场，隐遁于郊外和远方

它本土主义，在自身里面埋藏机密

它空悠悠，它蔚然而深秀

18

要回到原来

一块蓝印花布的样子

在和蔼的空气里

贴着安静的红囍字

要回到原来

旧砖路上绘着往年的苍苔

微风吹着年轻的裙裾，吹着这世上

孤零零的每一天

要回到原来

起初并不相识

只是听说过彼此

奥德修斯从未去过特洛伊，未曾漂流海上

素馨开白色花，开得无知无觉

要回到原来
我年少轻衫薄，怀抱一缕南风
君子伫立野地，混同于一株健硕玉米
各自偏安，扛着落日
没有千疮百孔，岁月浑圆

要回到原来
时间还储存在钟表和日历中
门前杨树仍姓自己的姓，后院腊梅还叫那个名
比邻而居，月光为小径
做着注脚

要回到原来
放虎归山，完璧归赵
我把你还给你，你把我还给我
不必通缉，如此软弱无助之人
只会倒在自家门槛

要回到原来
或者论堆或者摊牌
坐成里程碑，躺成地平线
最小的国也有主权
也有一个首都

要回到原来

向生活缴械投降
削平我与你构成的锐角
以握手言和的方式永别
以无穷无尽的谦卑请求原谅

19

地势高爽的城南
一个下午灿烂，海拔在斜阳里放下身段
了不起的泰山向北延伸的余脉中
这是最后一座
当然亦可当是最初的一座，向南一路壮大成青未了
蜿蜒道路缠在山腰，我似一只七星瓢虫走在上面
以最快速度最高心志赶路
望过去却很笨、很慢

日光西沉，白月亮升起，星子也将出现
上万年的化石，上亿年的缓缓转动，就在身旁和头顶
山冈起伏，衰草和青松相映
我注定不是乔木，而属草类
还是最低垂的那一株
未化的春雪零星散落于碎石间，是清寂和落寞

神的目光落在这里，昭示无限
我正在把这短促得像一声叹息的人生虚度，即将度完！
接下来是一场浩荡的返回，返回到

钟表管不着的时间之外
卫星测不到的空间之外

20

此刻下山
从城南的背面绕到城南的正面去
宛如为歇息而溜下思想的峭岩
山下还是高地，是海拔仍然高于全市的城南
那曾是共同的海拔，现在只是一个人的了
回首暮色中的小山，它在变绿，准备以欢乐束腰
通向家门的路，两旁有法桐和冬青
我想辨清并确认

我的孤单变圆
其轮廓类似城南版图
在山上呆到天黑，渐消的夕光建起一个拱门
孤单之中有亮，有吹拂，有依有靠
南园草木知晓似水流年
呼吸凌乱，充满萌发的意念

据说此地
还在继续升高，以每年 0.5 厘米的速度
在平庸的世代，唯此事富于创造

2014. 5